Q
said
killed
wind
blood

MARGARET ATWOOD

MICROFICTION

Traduzione di
Raffaella Belletti

PONTE ALLE GRAZIE

Titolo originale
The Tent

Tutte le illustrazioni sono di
Margaret Atwood

Il nostro indirizzo internet è: www.ponteallegrazie.it

Visitate www.InfiniteStorie.it, il grande portale del romanzo

ISBN 88-7928-806-7

Per Graeme

I

STORIE DI VITA

Perché la sete di queste storie? Sempre che sia sete. Forse è piuttosto prepotenza. Forse vogliamo solo avere il controllo, della vita, a prescindere da chi l'abbia vissuta.

Se ci sono foto è meglio. Le persone là dentro non hanno più scelte – prendi questa, scarta quella. Coloro che hanno vissuto le vite in questione hanno avuto le loro occasioni, che per lo più hanno sprecato. Avrebbero dovuto scorgere il fotografo tra i cespugli, non avrebbero dovuto masticare a bocca aperta, non avrebbero dovuto indossare il top senza spalline, non avrebbero dovuto sbadigliare, non avrebbero dovuto ridere: è così brutta la dentatura candida. *Dunque lei era così*, diciamo, collegando l'istantanea all'anno dell'appassionata storia d'amore. *Una faccia come una pizza mangiata a metà, e questo sarebbe lui, quello che le fissa il davanti? Che cosa ci vedeva in lei, oltre a un pranzo a poco prezzo? Stava già diventando calvo. Perché hanno fatto tutto quel chiasso?*

Sto lavorando alla storia della mia vita. Non intendo dire che la sto mettendo insieme; no, la sto smontando. Per lo più è una questione di editing. Se era lo stile narrativo che volevate, avreste dovuto chiederlo prima, quando sapevo ancora tutto ed ero più che disposta a dirlo. Prima che scoprissi le virtù delle forbici, le virtù dei fiammiferi.

Io sono nata, avrei cominciato una volta. Ma zac, zac, via madre e padre, bianche strisce di carta travolte dal vento, e per sicurezza gettiamo via anche i nonni. *Ho trascorso la mia infanzia*. Può bastare. Addio vestitini sporchi, addio scarpe strascicate che mi suscitavano tanta angoscia, addio lacrime piante all'infinito e ginocchia coperte di croste, e tristezza consumata ai bordi.

Anche l'adolescenza si può eliminare, con la sua pelle abbronzata e salata, le sue lentiggini e le brutte storie d'amore e le fuoriuscite di sangue stagionale. Che effetto faceva respirare tanto affannosamente, quasi fossi stata drogata, mentre mi strofinavo contro giacche di cuoio estranee nei vicoli? Non me lo ricordo.

Una volta cominciato è divertente. Si spalanca tanto di quello spazio libero. Strappi, accartocci, dai fuoco, butti dalla finestra. *Io sono nata, sono cresciuta, ho studiato, ho amato, mi sono sposata, ho procreato, ho detto, ho scritto*, è tutto sparito adesso. *Sono andata, ho visto, ho fatto*. Addio fatiscenti torrette dell'interesse storico, addio iceberg e monumenti di guerra, con tutti quei giovani di pietra dagli occhi rovesciati, e rischiosi viaggi pullulanti di germi, e alberghi equivoci, e porte che si aprono sia verso l'interno sia verso l'esterno. Addio, amici e amanti, siete scivolati via dai miei occhi, cancellati, annullati: lo so che una volta portavate i capelli acconciati e dicevate barzellette, ma non me le ricordo. Via, sottoterra, miei teneri e ottusi cani e gatti, nonché cavalli e topi: vi ho adorato, a dozzine, ma quali erano i vostri nomi?

Ora sto facendo progressi, mi sento più leggera. Mi sto staccando da album di ritagli, album di foto, diari e memorie, dallo spazio, dal tempo. È rimasto solo un paragrafo, solo una frase o due, solo un sussurro.

Io sono nata.

Io sono.

Io.

SOGNI DI VESTITI

Oh, no. Non di nuovo lui. È il sogno dei vestiti. Sono cinquant'anni che lo faccio. Un corridoio dopo l'altro, un camerino pieno di abiti dopo l'altro, una rastrelliera metallica dopo l'altra che si stendono a perdita d'occhio sotto il bagliore delle luci fluorescenti – un sogno altrettanto chiassoso ed esagerato e inquietante, e in conclusione tetro e opprimente, di quelli che fa un vecchio fumatore di oppio. Perché sono costretta a frugare tra questi vestiti ingarbugliando le stampelle, inciampando nei nastri, impigliandomi in un gancio o in un bottone, mentre piume e lustrini e perle finte cadono sul pavimento come formiche da un albero in fiamme? Che motivo c'è? Su chi devo fare colpo?

C'è puzza di ascelle maleodoranti. Tutto è già stato indossato. Non c'è nulla che mi vada bene. Troppo piccolo, troppo grande, troppo magenta. Questi volant, crinoline, balze, colletti rigidi, mantelline di velluto tagliato – nessuno di questi travestimenti fa per me. Quanti anni ho in questi sogni? Ho le tette? Di chi è la vita che vivo? Di chi è la vita che non riesco a vivere?

LA BOTTIGLIA*

«Voglio solo essere come tutti gli altri» ho detto.

«Ma non lo sei» è quello che mi ha detto lui. «Non sei come loro».

«Perché no?» ho chiesto. Ero incline ad ascoltarlo. Aveva modi persuasivi.

«Perché ti amo».

«Tutto qui?»

«Non sono mica uno qualunque» ha detto.

«Nessuno lo è» ho ribattuto.

«Vedi» ha fatto, «è proprio quello che intendo dire, tu non sei come tutti gli altri. Tu noti i dettagli, tieni conto delle caratteristiche distintive, riconosci le tendenze. Sono queste le qualità che sto cercando».

«Che cos'è, una seduzione?» ho chiesto.

«No. La seduzione c'è stata poco fa; non te ne sei neanche accorta. L'abbiamo passata. Ora siamo alla fase del reclutamento. Siamo arrivati alla contrattazione».

«Che devo fare?» ho chiesto.

«Venire a letto con me, va da sé. Ti ricompenserò adeguatamente».

«Che altro?»

«Apprezzo la lealtà. Ricorda, non sei un avvocato: non fottere i clienti».

* I personaggi di questo racconto sono liberamente ispirati alla Sibilla Cumana e al dio Apollo. Durante l'invasamento Apollo possiede la Sibilla completamente, prendendo il sopravvento sulle sue facoltà superiori dello spirito.

«Non lo farei comunque. Hanno sempre un cattivo karma. Che altro?»

«Nulla di più di quello che già fai» ha detto. «Qualche lavoretto di routine. Inalare un po' di fumo, masticare materie vegetali selezionate, fare un paio di indovinelli, scrivere sulle foglie. Quando capita fare un incantesimo; guidare qualche giro turistico dell'inferno. Tenere alto il tono dell'azienda».

«Niente stupidaggini con i serpenti? Non ce la faccio, se ci sono i serpenti. Ho una fobia».

«I serpenti c'erano l'anno scorso».

«Bene. Dove devo firmare? Un momento – cosa ottengo in cambio?»

«Le donne sono delle tali mercenarie».

«No, sul serio».

«Diventerai saggia. Più saggia di quanto già tu non sia, cioè».

«Non è abbastanza».

«E va bene: avrai un po' di immortalità. Eccola. È dentro la bottiglia. La vedi?»

«Quel mucchietto di polvere?»

«Guarda meglio».

«Oh. Sì. Scintilla sempre così?»

«Solo all'inizio».

«Sei sicuro che si tratti di immortalità?»

«Fidati di me. Con un po' di questa avrai sempre una voce».

«Avrò una voce, o *sarò* una voce?»

«L'uno o l'altro».

«Be', okay, allora grazie tante».

«Non lasciare cadere la bottiglia. Maneggiala con cura. Devi guardare quegli affari, hanno l'abitudine di ingrandirsi. Possono diventare grandi quanto il cielo. Prima che te ne accorga ti possono risucchiare. È l'effetto vuoto. Ora posala, in quell'angolo, laggiù, togliti questo mantello ingombrante e metti le braccia...»

«Mi gira la testa. La cosa si sta facendo un po' seria. Ho mangiato troppo a pranzo. Dovrei andare a casa a stendermi».

«Stenditi qui! Mi sei debitrice, ricordi? Nessun tempo è come il presente. Taglia una gola, versa una libagione, vuota la mente, chiudi gli occhi, fammi un po' di spazio, pensa alle caverne...»

«Ahi. Lasciami andare! Ho bisogno di respirare. Subito non posso. Che ne dici della prossima settimana?»

«Non mi ami?»

«Non è questo. Solo ... sei davvero quello che dici di essere?»

«Sono quello che sono. E anche quello che tu dici che sono. È così che funziona con gli dei, e io sono un dio, dopotutto».

«Non sei vero. Sei solo nella mia testa. Sei soltanto ... non sei nulla».

«Più o meno».

«È quello che pensavo. Aspetta, ritorna!»

«Non sono stupido, riconosco un *no* quando lo sento».

«Non volevo essere brusca. Parliamone».

«Non si può parlare con il nulla».

«Ma ... »

LA FORESTA IMPENETRABILE

La persona che hai in mente si è persa. È questa l'idea che mi sto facendo. Lui crede di essersi perso nel bel mezzo di una foresta impenetrabile. Ha la testa piena di alberi. Di rami contro cui va a sbattere. Di rovi in cui si è impigliato. Di sentieri che non portano da nessuna parte. Di animali che si prendono gioco di lui e corrono via. Qua e là appare lo sguardo di una fanciulla sfuggente con indosso un vestito di mussolina bianca, mi pare. Credo che ci siano anche degli insetti, della varietà che punge. Non è piacevole. Il sole sta tramontando. Le ombre vanno infittendosi. Difficilmente le cose potrebbero andare peggio di così.

E poi ci sei tu. Da dove sei arrivata? Non sei tipo da resistere a un'opportunità, al tipo di opportunità che lui rappresenta. Alcuni la chiamerebbero invadenza, ma tu preferisci considerarla disponibilità. Chiedo scusa se sono così franco, ma ambasciator non porta pena. Eccoti qui; scendi avvolta nella tua nuvola rosa scintillando come una lampadina a basso voltaggio o l'acquario di un bar da quattro soldi. Ti spuntano piume dalle spalle, emani raggi di luce, coriandoli d'oro e d'argento scendono fluttuando da te come forfora metallica. Non ti passa nemmeno per la testa che hai il vestito ricoperto di minuscoli ami. Da alcuni di essi pendono ancora brandelli di esca: ali di grilli, pezzi di vermi, vecchie distinte di depositi bancari.

Su, su, dici. Un guizzo qui, uno schiocco là con la tua bacchetta magica – plastica trasparente con dentro una moto in miniatura che a ogni movimento scivola su e giù in un liquido

luccicante – e i rovi svaniscono. Il sole torna indietro, i sentieri si raddrizzano, spunta l'alba.

Voilà!, dici. I tuoi debiti sono pagati, i tuoi problemi emotivi risolti, le tue malattie guarite. Non solo, ma i dolori della tua infanzia – quelli che ti bloccavano e ti invischiavano – sono stati cancellati. Adesso puoi farcela.

Ti guarda senza la minima gratitudine. *In che senso* dovrei farcela? dice.

Non lo sai? chiedi tu, cercando di nascondere l'irritazione. Sono scesa in questa stupida foresta, mi sono presa tutto questo incomodo, ti ho ripulito tutta una vita di porcherie, e ancora non lo sai?

Non capisci granché, dice lui. Tanto per cominciare, perché pensi che mi sia perso nella foresta impenetrabile?

INCORAGGIAMO I GIOVANI

Ho deciso di incoraggiare i giovani. Una volta non l'avrei fatto, ma ormai non ho niente da perdere. I giovani non sono miei rivali. I pesci non sono rivali delle pietre.

Perciò li incoraggerò generosamente, li incoraggerò nel loro insieme. Farò piovere su di loro incoraggiamento come riso a un matrimonio. Loro sono *i giovani*, un nome collettivo, come *l'elettorato*. Li incoraggerò indiscriminatamente, che lo meritino o meno, non so distinguerli.

Così me ne starò a lanciargli grida di incoraggiamento a casaccio, come un cieco a una partita di football: quello che ci vuole è il rumore, a ondate, urla fortificanti che li inducano a imprese più grandi, e a chi interessa in quale campo e con quali scopi?

Non intendo i giovanissimi, quelli che possono ancora esibire la pancia senza suscitare derisione. La noia è la loro armatura: per loro io sono un fumetto con niente dentro.

No, i giovani che hanno appena preso coscienza sono quelli che intendo, quelli con ambizione e diffidenza fresca, quelli che hanno imparato sulla propria pelle che nove volte su dieci si punta troppo in alto. Come sono delusi! Se e quando avranno successo per la prima volta, ecco cosa li rende terribilmente ansiosi! Gli viene l'insonnia, o la claustrofobia, o la bulimia, o la paura delle altezze. Ora dovranno fare onore a se stessi. Bella rottura.

Eccomi qui, felice di aiutarvi! Distribuirò incoraggiamento, un briciolo per ciascuno. Eccovi, giovani! Che cos'è un grande, stupido e goffo pasticcio come quello che avete appena combinato – ma lasciatemi usare altre parole – che cos'è un incomprensibile errore umano, se non un'esperienza istruttiva? Riprovate! Seguite il vostro sogno! Potete farcela!

Che persona bella e luminosa sono, infinitamente più gentile di quando avevo appena cessato di essere il mio me stesso giovane. Allora ero severo; esigevo il meglio. Ai giovani – mi pareva – era concesso di farla troppo franca, com'era accaduto a me. Ma adesso, sono il ritratto della generosità. Sorrido e distribuisco con aria affabile.

A ben guardare, i miei motivi sono meno puri di quanto non sembrino. Sono più oscuri. Sono più reconditi. Mi scorgo in quell'occhio interiore che non sempre è la benedizione della solitudine, e mi vedo dubbioso. Corro da un cespuglio all'altro, sul limitare di boschi tenebrosi, facendo capolino. *Yoo hoo! Giovani! Venite qui!* chiamo, facendo segno con l'indice sempre più nodoso. *Ecco! Su, ecco una casa fatta con una montagna di pane allo zenzero e decorata con scritte luminose che formano i vostri nomi. Non volete entrarci, dire che è vostra, ingozzarvi di fama zuccherina? Certo che volete!*

Ma non li metterò a ingrassare nelle gabbie. Non gli darò frutta avvelenata. Non li trasformerò in immagini a orologeria e in ombre parlanti. Non prosciugherò il sangue della loro vita. Tutto questo possono farlo da soli.

LA VOCE

Ho avuto in dono la voce. Questo è quanto diceva di me la gente. Ho coltivato la mia voce, perché sarebbe stato un peccato sprecare un simile talento. Mi immaginavo questa voce come una pianta in una serra, qualcosa di lussureggiante con le foglie lucide e il termine *tuberoso* nel nome, e di notte un profumo muschiato. Mi assicuravo che alla voce fossero garantiti la giusta temperatura, il giusto grado di umidità, la giusta atmosfera. Placavo le sue paure; le dicevo di non tremare. La curavo, la allenavo, la guardavo arrampicarsi all'interno del mio collo come una pianta rampicante.

La voce fioriva. La gente diceva che ero cresciuta dentro la mia voce. Ben presto mi sono venuti a cercare, o piuttosto sono venuti a cercare la mia voce. Andavamo ovunque insieme. Ciò che vedeva la gente era me, ciò che vedevo io era la mia voce, che mi fluttuava davanti come la traslucida membrana verdastra di una rana che gracidasse a tutto spiano.

La mia voce era corteggiata. Le lanciavano mazzi di fiori. Le regalavano denaro. Gli uomini cadevano in ginocchio davanti a lei. Gli applausi le fioccavano intorno come stormi di uccelli rossi.

Eravamo sommersi dagli inviti a esibirci. Tutti i posti migliori ci richiedevano, e tutti insieme, perché, diceva la gente – ma non a me –, la mia voce sarebbe fiorita solo per un certo periodo. Poi, come fanno le voci, avrebbe cominciato ad avvizzire. Infine si sarebbe affievolita e io sarei stata lasciata sola, denudata – un arbusto morto, una nota a piè di pagina.

Ha cominciato ad avere luogo, l'avvizzimento. Finora me ne

sono accorta solo io. C'è una minuscola grinza nella mia voce, una minuscola increspatura. La paura è penetrata in me, una gugliata di etere, serrando quello che in qualcun altro sarebbe il cuore.

Adesso è sera; le luci al neon si accendono, le strade si fanno sempre più animate. Sediamo in questa stanza d'albergo, la mia voce e io; o piuttosto in questa suite d'albergo, perché ci viene ancora riservato solo il meglio. Stiamo raccogliendo le nostre forze. Di quanta vita dispongo ancora? Quanta me ne resta, cioè: la mia voce l'ha consumata quasi tutta. Io le ho dato tutto il mio amore, ma è solo una voce, non può ricambiarlo.

Anche se ha cominciato a rovinarsi, la mia voce è ancora avida come sempre. Più avida: vuole di più, di più, di più di tutto ciò che ha avuto finora. Non si staccherà da me facilmente.

Tra poco sarà tempo di uscire. Interverremo a un evento straordinario, noi due, incatenati l'una all'altra come sempre. Metterò il suo abito preferito, la sua collana preferita. L'avvolgerò in una pelliccia per proteggerla dalle correnti d'aria. Poi scenderemo nel foyer, scintillante come ghiaccio, la mia voce avvinghiata come un vampiro invisibile alla mia gola.

BASTA FOTO

Basta foto. Ce ne sono sicuramente abbastanza. Basta ombre di me stessa proiettate dalla luce su pezzi di carta, su quadrati di plastica. Basta con i miei occhi, bocche, nasi, stati d'animo, brutte angolazioni. Basta sbadigli, denti, rughe. Soffro della mia molteplicità. Due o tre immagini sarebbero state più che sufficienti, o quattro, o cinque. Avrebbero permesso di farsi un'idea precisa: *Questa è lei*. Ora come ora sono fatta d'acqua, mi increspo, rischio da un momento all'altro di dissolvermi nei miei altri io. Giriamo pagina: tu, nel guardare, sei nuovamente confuso. Mi conosci troppo bene per conoscermi davvero. O non troppo bene: troppo.

STORIE DI ORFANI

I. Come spiegano in fretta le vele gli orfani! La pistola dello starter non fa in tempo a fare fuoco che già volano via! I loro yacht sono più affusolati, le loro linee più eleganti delle nostre – delle nostre pesanti chiatte. Non trascinano ancore, non trasportano zavorra, buttano tutti i bagagli a mare e l'unica bandiera che issano sempre è bianca. Non c'è da stupirsi se schizzano fuori dalla baia davanti a tutti gli altri, non c'è da stupirsi se doppiano il capo così alla svelta! Ma ora che succede? Non manterranno la rotta, non giocheranno secondo le regole ben concepite, disprezzano il premio. Si dirigono verso il mare aperto. Fanno vela verso il sole. Sono spariti.

II. Gli orfani fanno brutte esperienze: nei granai, nelle cantine, nei capanni di legno, nei campi deserti, nelle classi vuote. È perché sono così provocanti. È perché sono così danneggiati. È perché sono così ossuti. È perché è così facile romperli. È perché sono così disponibili. È perché sono così erotici. È perché nessuno crederà a ciò che diranno.

III. Gli orfani si mettono in fila per la farinata d'avena. A tutti i tipi di orfani – orfani per incidente d'auto, orfani per incidente di barca, orfani per attacco di cuore, orfani di ragazza madre, orfani di guerra – a tutti loro il nostro buon cuore elargisce della farinata d'avena. Non ne prendono molta, una cucchiaiata qui, una cucchiaiata là, ma è così che va, negli orfanotrofi. Aspettano le loro cucchiaiate standosene tranquilli nelle loro scadenti uniformi grigie, anch'esse elargite da noi. Quanto siamo gentili, quanto ci sentiamo virtuosi! Un giorno gli orfani cominciano a battere i loro scadenti cucchiai di stagno sui loro scadenti piatti di stagno. È stato detto loro di essere grati, riconoscenti, di non essere avidi, ma ne vogliono ancora. Ne vogliono ancora e ancora e ancora. Vogliono quello che abbiamo noi! Come osano? Come osano brandire la loro fame contro di noi quasi fosse una spada?

IV. Che nomi hanno? I nomi sono arbitrari, ma i nomi degli orfani sono più arbitrari di quasi tutti gli altri. Inventano i propri nomi cammin facendo. Chiamatemi Ishmael, dicono. Oppure: chiamatemi Ishmael, ma chiamatemi spesso. Oppure: Non chiamatemi Ishmael, chiamatemi Anonimo. Chiamatemi Senza-nome. Chiamatemi Invano. Gli orfani sono cascamorti del genere, agganciano chi capita, poi fanno a pezzi i loro elenchi del telefono, scaricano a casaccio. Non dimostrano alcuna pietà.

V. *Non siete i miei veri genitori*, ha pensato ogni bambino. *Non sono il vostro vero figlio.* Ma nel caso degli orfani è vero. Che felicità fare marameo a ragion veduta! Per gli orfani tutte le strade sono aperte. Per gli orfani tutte le strade sono quella che non è stata scelta. Per gli orfani tutte le strade sono necessarie. Com'è possibile buttarli fuori di casa a calci? Sono già fuori di casa. Fanno l'autostop attraverso la vita, un passaggio dopo l'altro, come capita capita. La loro regola è la regola del pollice.

VI. D'altro canto che tristezza procedere come una lumaca, una lumaca molto veloce ma pur sempre una lumaca, senza altra casa se non quella che ha sulla schiena, una casa che è comunque un guscio vuoto. Una casa riempita di nient'altro che di se stessi. È pesante, quella leggerezza. È schiacciante, quel vuoto.

VII. Ma che amore ispirano, questi orfani! Orfanelli in fasce abbandonati in sacchetti della spesa, sui gradini d'ingresso, al freddo e al gelo. Orfanelli in fasce abbandonati in ceste, sotto foglie di cavolo, da uccelli, da cupidi, da gnomi. La gente fa la fila per averli, con gli occhi storti per la pietà, con i soldi in tasca, i fazzoletti umidi in pugno, la salvezza in mente, le coperte negli zaini, le braccia tiepide spalancate per dar loro riparo. *Da dove sei venuto, caro piccino?* Dall'oscurità. Dalla paura.

VIII. Ciò nondimeno, ci mettono in guardia contro di loro, contro questi orfani. Sono astuti, sono equivoci. Come fare a sapere qualcosa sul loro conto? Chi erano i loro genitori? Sbarrate le porte, nascondete l'argenteria! Se trovate un bambino tra i giunchi, lasciatelo là! Non invitate gli orfani a oltrepassare la vostra soglia! Vi taglieranno la gola per un centesimo, scapperanno con vostra figlia, sedurranno vostro figlio, vi distruggeranno la casa, perché la casa è dov'è il cuore e gli orfani sono senza cuore.

IX. No, avete capito male. È tutto il contrario. Gli orfani non sono quelli che derubano ma quelli che vengono derubati; non sono quelli che uccidono ma quelli che vengono uccisi. Si può capire dove hanno girovagato gli orfani dalle tracce che lasciano: briciole di pane nel bosco, gocce di sangue, lacrime trasformate in piccoli funghi bianchi, mucchietti di fragili ossa tra le radici e il muschio.

Leggete le statistiche: non hanno grandi possibilità. Le loro matrigne esigono le loro lingue su un vassoio; i loro padri hanno lasciato la città; i loro zii mandano delle canaglie armate di cuscini per soffocarli nel sonno. Solo nei libri – anzi solo in alcuni libri – un generoso benefattore fa la sua comparsa al momento opportuno per salvare gli orfani dalle forze del male schierate contro di loro. Quali sono queste forze? Guarda nello specchio magico, caro lettore. Guarda nel profondo e immobile pozzo dei desideri. Interroga te stesso.

X. Però è una bella scusa, essere orfani. Spiega tutto – ogni errore e ogni torto si trasformano. Come dichiarò Sherlock Holmes, *Lei non aveva una madre a consigliarla*. Quanto la desideriamo, quella mancanza di consigli! Avremmo potuto essere imprudenti. Avere storie appassionate. Avventure sconsiderate. Naturalmente siamo riconoscenti per la solida educazione ricevuta, per le orde di parenti prodighi di insegnamenti, per i vantaggi avvolti nella bambagia, per la mancanza di trame drammatiche. Ma coviamo lo stesso un briciolo di invidia. Perché non ci succede niente di interessante, coccolati come siamo? Perché gli orfani si beccano tutte le battute migliori?

XI. Adesso arriveranno le lettere, quelle degli orfani. *Come ha potuto affrontare la condizione degli orfani così alla leggera!* diranno. *Lei non capisce cosa vuol dire essere orfani. Lei è il tipo di persona che si fa beffe di chi è senza gambe. È frivola e crudele. È spietata.*

Ah, sì, cari orfani, capisco che vi sentiate così. Ma far notare non vuol dire disprezzare. Tutte le osservazioni sono spietate perché è la vita ad esserlo. Io deploro il fatto, ma non posso cambiarlo.

(E poi riflettete: è la perdita ciò verso cui tutto scorre, l'assenza ciò in cui tutto fiorisce. Siete voi, non noi, a essere sempre stati i figli degli dei).

LA FUGA

Ti saresti aspettato una strada, un fiume, una barca, un cancello, un guardiano. Ed erano tutti là, ma niente era come te l'eri immaginato. La strada non si distingueva da molti dei marciapiedi su cui ti eri trascinato tanto spesso: colate di calcestruzzo, sporche come sempre – gomme da masticare indurite, sputi freschi, di tanto in tanto qualche escremento di cane. Avevi i piedi stanchi – di chi erano le scarpe che portavi? –, ma non c'era un posto dove sedersi. Il fiume, quando ci sei arrivato, si è rivelato un canale di acque stagnanti invaso da alghe e sacchetti di plastica. Vi era ormeggiata una casa galleggiante malandata, ma non c'erano sentieri che scendessero fino a essa. Invece il marciapiede ti ha condotto attraverso un massiccio ponte di ferro dipinto di grigio. Poi un muro, che è proseguito per un bel pezzo. Vi erano incollati sopra manifesti – era la pubblicità di una commedia, o di un film – lo stesso manifesto all'infinito. Mostravano un viso di donna dall'espressione sorpresa, la mano alzata come per proteggersi, con grossi caratteri blu e arancione e alcune righe scritte in lettere più piccole: senza dubbio giudizi favorevoli tratti dai giornali, ma per qualche ragione non potevi leggerli. Oltre ai manifesti, sui mattoni c'erano dei nomi scritti con lo spray – non ne conoscevi nessuno – e una scrittura simbolica rosa shocking che faceva pensare a quegli animali fatti con i palloncini che i clown gonfiano alle feste per i bambini.

Finalmente è arrivato il cancello. Aveva una porta, una porta d'acciaio incastrata nel muro di mattoni. Era ammaccata, come se l'avessero presa a calci con degli stivali pesanti. Ci stava appoggiato il guardiano. Aveva l'aria di uno che avesse dormito all'aperto per un po'. Vecchi jeans, faccia irsuta, sandali rotti; uno zaino lacero ai piedi.

Finalmente sei arrivato, ha detto. Queste sono le tue cose. Te le ho tenute da parte.

Le mie cose? hai chiesto. Hai esaminato lo zaino. Non ti sembrava familiare. Cosa intendeva con cose? Uno spazzolino da denti, biancheria intima?

Le cose che hai messo da parte, ha detto. Per questa occasione.

Hai sollevato lo zaino. Era molto leggero. Ti sei chiesto se ci fosse dentro un panino. Non avevi fame, ma magari ti sarebbe venuta più tardi. Hai esaminato la porta. Non aveva vetri. Non aveva serrature.

Dovrei entrare qui dentro? hai chiesto.

Prima devo farti qualche domanda, ha detto lui. Pensaci bene prima di rispondere.

D'accordo, hai detto. Avevi una mezza idea sulle domande: ti sarebbe stato chiesto di parlare esaurientemente di te stesso e di confessare i tuoi misfatti, per piccoli che fossero. Pensavi di essere pronto. Non eri stato perfetto, ma in fondo non si sarebbero aspettati la perfezione. Certo che no, altrimenti chi sarebbe mai entrato?

Ecco le domande, ha detto. Qual è il tuo colore preferito? Amavi il tuo gatto? Hai mai trovato una moneta sul marciapiede? Eri felice?

All'improvviso si passa al presente. La prima domanda ti sconcerta. Hai o no un colore preferito? Non te lo ricordi. Tutto ciò che intendevi dire in tua difesa ti è completamente passato di mente. Ora ha cominciato a soffiare il vento: per la strada turbinano manifesti strappati, bocche aperte, mani, occhi. Forse dovresti aprire lo zaino. Non hai mai avuto un gatto. E cosa c'entrano le monete? Ci deve essere un errore.

LA BOTTIGLIA II

Abbassa di più l'orecchio, avvicinalo. Copri l'altro con una mano. Pensa alle conchiglie. Ecco. Adesso puoi sentirmi.

Dev'essere una sorpresa per te scoprire che c'è una voce dentro questa bottiglia. Pensavi di comprare una curiosità, come i più chiamerebbero un oggetto di vetro rotondo, riccamente decorato, polveroso, fuori moda, pieno di strati di sabbia colorata, viola-rosa-arancione-verde-beige. Una specie di ornamento. Una specie di souvenir di un posto che in realtà non hai mai visitato.

Poi hai visto muoversi la sabbia, in una bottiglia col tappo. Sulle prime hai pensato che potesse trattarsi di un terremoto, uno piccolo; di quelli che fanno tintinnare le tazze da tè. Ma no. Hai guardato attentamente. Non ti eri sbagliato: sì, c'è stato un increspamento, un tremolio, una lieve onda di sabbia viola. Una qualche forma di vita di insetti, forse. Hai tolto il tappo.

È stato allora che hai sentito la voce. La mia voce, per essere precisi. Era una vocina fredda e sibilante, come il fruscio di vecchi cartocci di granturco, o di foglie secche tenute per un'eternità in una grotta. Era un sibilo, come vapore che esca a getti intermittenti da una fessura nel fango umido. Un suono sotterraneo, che suggerisce pressioni sconosciute, poteri sconosciuti. Era un sussurro seducente.

Chiedimi ciò che hai bisogno di sapere, ha promesso questa voce – la mia voce. Chiedi e te lo dirò. Le chiavi della macchina? Sono sotto il letto. Le tue azioni? Vedo dell'oro, ma è tuo? La tua morte, quando e dove? La voce ti offriva conoscenza, ma anche paura. Paura è sinonimo di futuro, e il futuro è fatto di strade biforcate, direi di strade biforcantesi, perché le strade si biforcano in continuazione, come lente saette. Una strada è un processo, non un luogo. Posso mettere le punte delle dita su questa strada, su queste strade, su questo tremolante reticolo dendritico, le punte delle mie dita che ora sono così sottili e simili a ragni.

Come si è arrivati a questo? Al mio attuale stato di aracnide. Una volta ero giovane, ero bello, ero ricercato, avevo vesti pittoresche e talenti eccezionali. Pronunciavo presagi nelle grotte: c'erano file, c'erano liste di attesa per sentirli. Come ho fatto a diventare così piccolo, così traslucido, così filiforme, così sussurrante? Come ho fatto a finire chiuso nella bottiglia? È una strana storia, una storia incredibile, una storia che oggi non potrebbe avere luogo. Non sono sicuro di crederci neanch'io, ma la dirò a chiunque mi presterà ascolto.

Ora, questo chiunque sei tu. Non sono una curiosità, amico mio. O meglio, sono una curiosità, ma si dovrebbe dire *la* curiosità, la migliore di tutte. Solo le persone molto curiose comprano curiosità come questa. E tu sei una persona curiosa, tu sbirci negli armadietti delle medicine nei bagni di persone che conosci appena, sei un ascoltatore avido, sei spinto ad ascoltare, ascolterai qualsiasi cosa. Ti capisco: una volta anch'io ero curioso come te. Siamo entrambi il tipo di persona che toglie i tappi alle bottiglie. Non bottiglie di vino: bottiglie di sabbia.

II

RACCONTI D'INVERNO

C'erano una volta, dici, dei germi con le corna. Vivevano nel bagno ed era possibile eliminarli solo con litri e litri di candeggina. Bevendola ci si poteva suicidare, e certe donne lo facevano.

I giovani alzano lo sguardo su di te con gli occhi spalancati. O forse abbassano lo sguardo su di te: sono diventati molto alti. Quanto sono giovani i giovani, di questi tempi? Dipende. Alcuni di loro sono piuttosto vecchi. Ma ti credono ancora, perché tu eri qui, tanto tempo fa, e loro no.

Non solo, dici – ci stai prendendo gusto –, non si vedevano pance nude e solo i marinai e i forzati avevano tatuaggi. Non c'erano telefoni, non c'erano vaccinazioni; perciò non potevate chiamare il dottore quando stavate per morire, di ghiandole scoppiate, di gonfiori intestinali ristagnanti, di membrane in gola, di febbre cerebrale. Se avevate un rapporto sessuale non protetto vi cascava il naso molto prima di quanto non succeda oggi.

I giovani rimangono in ascolto. Ti credono? Si tratta di materiale abbastanza sensazionale per loro? Tu certo te lo auguri.

Se eravate delle donne sposate, a trent'anni era tutto finito, dici. Eravate condannate a mettervi un vestito di tessuto stampato e un busto di gomma e a sedere su una sedia a dondolo nella veranda – c'erano le verande, allora – facendovi vento con un ventaglio, perché non c'era l'aria condizionata, e a parlare dei vostri piedi piatti, della vostra sciatica, delle vostre vene varicose e del vizio di russare di vostro marito, a cui ogni martedì dovevate stirare le camicie – montagne di camicie. Erano tutte metafore per il sesso insoddisfacente.

A questo punto si leva qualche risatina. Ma tu non vuoi che si prenda alla leggera il passato: è costato troppo. Merita rispetto. Perciò adesso è ora di mettere in campo l'artiglieria pesante.

Lasciate che vi parli del polpettone, dici abbassando la voce, mentre i visi già pallidi intorno a te si fanno cerei. Sì – del polpettone! Del polpettone, e dei clisteri, e delle cannule con la punta arrotondata usate per quella che chiamavano «igiene femminile» – le tre cose non sono prive di legami, dici in un sussurro elettrizzante.

Ormai i giovani ti guardano con un orrore ammaliato, come se fossi sul punto di toglierti una gamba rivelando un verde moncone amputato coperto di muschio. Storie di guerra, è questo che vogliono – storie di guerra e menù disgustosi. Vogliono sofferenza, vogliono cicatrici. Parlerai loro del brasato?

Ma la cosa potrebbe spingersi troppo lontano. In ogni modo, ti sei già eccitata abbastanza per una sera.

NON È FACILE ESSERE UNA SEMIDEA

Quando eravamo piccole Helen viveva in fondo alla mia strada. Vendevamo Kool-Ade nella veranda davanti di casa sua, e doveva essere sempre lei a portare il bicchiere giù dai gradini, con le ciglia abbassate e quel fiocco rosa tra i capelli, procedendo a passettini come se camminasse sulle uova. Credo che nascondesse qualche nichelino nel palmo della mano, visto che non era proprio un esempio di onestà. So che adesso è famosa e tutto, ma allora era una rompipalle, e continua a esserlo. Ci diceva le peggiori bugie – diceva che suo padre era davvero un pezzo grosso, se non il papa poco ci mancava, e naturalmente su questa storia la prendevamo in giro. Non che il cosiddetto padreterno si facesse mai vedere. La sua mamma era soltanto una delle tante madri single, come si dice adesso, ma la mia, di mamma, sostiene che una volta le chiamavano in un altro modo. Diceva che di notte laggiù ne succedevano delle belle, si capisce, dal momento che ogni uomo in città pensava che la desse via gratis. Tiravano sassolini contro la porta, gridavano ingiurie e urlavano un po' quando si ubriacavano. I due ragazzi, i fratelli di Helen, erano teste piuttosto calde e non ci misero molto a tagliare la corda.

All'età di dieci anni Helen attraversò un periodo di passione per il circo – le piaceva mettersi in ghingheri, pensava di diventare trapezista –, poi fece amicizia con la donna che gestiva il salone di bellezza, le faceva i capelli e le dava campioni di prodotti, e poi cominciò a disegnarsi delle linee nere intorno agli occhi e a ciondolare intorno alla stazione degli autobus. Credo che cercasse di rimediare un biglietto per lasciare la città. Era bella

– glielo concedo –, perciò non c'è da stupirsi se si sposò presto, con il capo della polizia locale, fu un colpaccio per tutti e due, visto che lui andava per i quaranta.

Poi solo qualche mese fa è scappata con un tizio della città che era lì di passaggio. Dopotutto non le serviva il biglietto dell'autobus, lui aveva l'automobile, un gran macchinone. Il maritino ha fatto il diavolo a quattro; parla di mettere insieme un gruppo di volontari, andare in città, stanarli, pestare il tipo e dare una ripassatina a lei. Molti uomini non si prenderebbero il disturbo, con una sgualdrina come quella; ma a quanto pare, lui non crede nel divorzio, dice che ci deve pur essere qualcuno che sostiene i giusti valori.

Personalmente credo che sia ancora pazzo di Helen e comunque è ferito nell'orgoglio. Il guaio è che lei alza un gran polverone – il nuovo uomo ha un sacco di soldi, le ha messo su una specie di palazzo, la sua foto appare sulle riviste e la gente le chiede come la pensa, ce n'è abbastanza di che dare la nausea. Così eccola là, tutta in tiro con la sua nuova collana di perle che sorride come uno zuccherino e dice quanto è felice della sua nuova vita, e come ogni donna dovrebbe seguire il proprio cuore. Dice che non è stato facile, quando era piccola, essere una semidea e tutto il resto, ma che adesso l'ha accettato e cerca di fare carriera nel cinema. Dice che era troppo giovane per sposarsi la prima volta ma adesso sa quanto possa essere appagante l'amore, e il capo non lo era, be', non lo era e basta. Naturalmente tutti credono che voglia dire che a letto era una nullità, perciò c'è stato qualche risolino sotto i baffi, ma non apertamente perché lui è ancora molto influente in questa cittadina.

Insomma, per non ingrossare troppo l'affare, mi si perdoni il gioco di parole, a nessuno piace diventare lo zimbello di tutti. Il capo viene da una grande famiglia, ha un fratello e un sacco di cugini, tutti con bei muscoli e un gran caratteraccio. Le cose si faranno serie, ci scommetto. Vale la pena stare a vedere.

SALOMÈ ERA UNA DANZATRICE*

Salomè seguiva l'insegnante di religione. Era davvero meschino da parte sua, lui non era certo alla sua altezza, aveva meno senso di autoprotezione di una zucchina, sempre a sproloquiare sulla moralità e via dicendo, ma poi al supermercato tastava i pompelmi in quel modo subdolo, un pompelmo in ogni mano, se ne stava là quasi sbavando, uno di quegli uomini dall'aria desolata che cadrebbero in ginocchio se mai una donna li guardasse sul serio, solo che finora nessuna l'aveva fatto. Come ho detto era davvero meschino da parte sua, ma lui l'aveva bocciata all'esame di metà corso e a casa le facevano pressioni, volevano che si comportasse come dicevano loro, perciò credo che per lei quella fosse una scorciatoia.

In ogni caso, con una madre come la sua cosa ci si poteva aspettare? Divorziata, risposata, le braccia coperte di braccialetti e ciglia finte lunghe fin qui, e terribilmente invadente. Cominciò a iscrivere Salomè a quei concorsi di bellezza con le mutandine di pizzo quando aveva cinque anni, lezioni di tip tap e compagnia bella, impiastricciavano di trucco quei poveri bimbetti e insegnavano loro a dimenare il sederino, che bello spettacolo. Per giunta il patrigno dirigeva la banca più grande della città, così suppongo che pensasse di poterla fare sempre franca. Non mi sorprenderebbe se ci fosse stato qualche maneggio anche in quel senso, da come lo fissava sbattendo i suoi occhioni blu da bambina e faceva moine, dava la nausea guardarla stru-

* *Salome was a dancer* è una filastrocca recitata dai bambini inglesi quando saltano con la corda.

sciarglisi contro e tubare, lui le aveva promesso una Porsche quando avrebbe compiuto sedici anni.

A dodici anni Salomè fece la parte di Campanellino nella recita scolastica, me lo ricordo bene. Sette strati di mussolina erano tutto ciò che indossava, sotto avrebbe dovuto esserci una calzamaglia ma va' un po' a sapere se c'era o meno. E tutti quei papà di mezza età seduti a gambe accavallate. Oh, lei sapeva cosa faceva!

Comunque, quando prese quel brutto voto in religione decise di lavorarsi il tizio, chissà come cominciò ma quando li sorpresero insieme nel magazzino lei era senza camicetta. L'insegnante stava grugnendo sul suo reggipetto, aveva qualche difficoltà con i ganci, o così si dice, è tutta da ridere. Se si vuole quello che c'è nel pacco bisognerebbe almeno saper togliere lo spago, dico io. Comunque, fu un grosso scandalo, e poi lui cominciò a sparlare di lei, disse che era una sgualdrinella e che lo aveva circuito, aggiunse anche delle insinuazioni sulla madre. Gli credettero tutti, si capisce, ma con Salomè si sapeva sempre che se c'era una testa che doveva cadere non era la sua. Accusò quel povero scemo di violenza sessuale e dal momento che a rigor di termini era minorenne – e naturalmente il patrigno banchiere fece pesare la propria autorità – riuscì a incastrarlo. L'ultima volta che l'hanno visto, il poveretto chiedeva l'elemosina nelle stazioni della metropolitana, giù a Toronto; si è fatto crescere la barba, sembra Gesù, è matto da legare. Ha completamente perso la testa.

Neanche Salomè è finita bene. Provò con la scuola di ballo, pensava che la danza moderna facesse per lei: si fa vedere un bel po' di pelle, si concentrano i pensieri sul bacino, sui piedi nudi, ci si lancia di qua e di là, ma non riuscì a entrarci. Se ne andò di casa dopo non so che lite tra la mamma e il patrigno, a mezzanotte urlavano sulla Principessina e sul suo comportamento disdicevole, rompevano i mobili. Dopodiché ha cominciato a fare la spogliarellista nei bar, giusto per indispettirli, scommetto. Una sera è stata pestata nel suo camerino, è stato subito prima dello spettacolo, tanto peggio per il padrone, qualcuno le ha fracassato un vaso in testa, addosso non aveva niente a parte il suo bikini di cuoio nero macramè e quel collare a strangolo con le borchie di acciaio, era abituata a mandare fuori di testa i clienti, non che l'abbia visto con i miei occhi. Hanno scorto due tipi correre fuori dall'ingresso degli artisti vestiti da corrieri in bicicletta, o comunque con una qualche uniforme, ma non li hanno mai presi. Corre voce che fossero killer mandati dal patrigno, folle di gelosia. Gli uomini diventano così quando cominciano a perdere i capelli. Se volete la mia opinione, è stata tutta colpa della madre.

TRAME PER GENTE ESOTICA

Fin da piccolo ho capito che la mia ambizione era quella di comparire in una trama. O in parecchie trame – ci pensavo come a una carriera. Ma non mi è capitata nessuna trama. Devi fare domanda, mi ha detto un amico. Era una persona di mondo, anche se personalmente non era comparso in nessuna trama, perciò ho accettato il suo consiglio e sono andato alla fabbrica delle trame. Come per qualsiasi altra cosa, bisognava fare un colloquio. E così, ha detto il giovanotto annoiato dietro la scrivania, lei crede di avere i requisiti per comparire in una trama. Che tipo di personaggio ha in mente? Giocherellava con un elenco passandoci sopra il pennarello. Personaggio? ho chiesto. Sì, è quello che facciamo qui. Trame e personaggi. Non può avere una cosa senza l'altra. Be', ho detto, tanto vale che provi con il personaggio principale. O uno di loro – suppongo che in ogni trama ne serva più di uno. Non può fare il personaggio principale, ha detto bruscamente. Perché no? ho chiesto. Si guardi allo specchio, ha detto. Lei è un esotico. Cosa intende, con esotico? ho chiesto. Sono una persona rispettabile. Non faccio balli da pervertiti. *Esotico*, ha detto con la sua voce annoiata. Consulti il dizionario. Estraneo, forestiero, proveniente dall'esterno. Non di qui. Ma io sono di qui, ho detto. Ho forse un accento strano o qualcosa del genere? Non sono io che faccio le regole, ha detto. Sarà anche di qui, non lo nego, ma il suo aspetto dice il contrario. Se fossimo in qualche altro posto non sembrerebbe venire dall'esterno, perché sarebbe già all'esterno, come chiunque altro là. Allora sarei io l'esotico, non è vero? Ha fatto una breve risatina. Ma siamo qui, non è vero?

Siamo qui. E *lei* è là. Non ero disposto a discutere su chi sembrasse di dove, perciò ho detto: Okay, allora niente personaggio principale. Cos'altro avete? Per gente esotica, ha detto, dando una scorsa alle pagine del suo elenco. Mi faccia vedere. Una volta non c'era una grande scelta. Avrebbe potuto fare un esotico gioviale e ben intenzionato, oppure un esotico violento, stupido e ubriaco che picchia la moglie, o un esotico nemico che cade da cavallo, o un esotico furbo e malevolo con chissà quale grande piano malvagio. Se fosse stato una donna, avrebbe potuto fare un'esotica sexy – una degenerata bella e amorale, un fuoco che arde sotto la cenere. D'altra parte, avrebbe anche potuto fare una domestica buffa. Ecco. Ecco? ho chiesto. Ero costernato. Ma adesso c'è più scelta, ha detto. I suoi modi si stavano facendo più cordiali. Potrebbe fare il miglior amico, ha detto. Non avrebbe la ragazza, ma avrebbe almeno una qualche ragazza. O il vicino della porta accanto, fare delle capatine per due chiacchiere amichevoli. O potrebbe fare un tizio esperto in qualcosa – una specie di istruttore. Insegnare al personaggio principale come tagliare teste, con una mano sola, con una spada. Di quelli c'è sempre bisogno. Oppure potrebbe fare il saggio; seguire, ad esempio, un'antica religione, o dire cose significative ma oscure, pronunciare come-si-chiamano. Presagi, ho detto. Sì, ha detto, cose del genere. Una volta bisognava assolutamente essere una donna per avere queste parti da saggio, qualsiasi tipo di donna, ma poi le donne hanno cominciato a lavorare e nessuno ha più potuto credere che fossero sagge. Oggigiorno se si è una donna saggia bisogna essere una donna esotica. Si può avere la saggezza se si è uomo, ma bisogna anche essere vecchio. Le barbe aiutano. Sa cantare? Non particolarmente, ho detto. Peccato, ha detto. Allora l'opera è esclusa. Là ci sono un sacco di trame. Avrei potuto metterla nel coro. Non fanno caso all'aspetto. E comunque, indossano tutti quelle tenute esotiche. Ascolti, ho detto. Non mi pare che ci sia nulla di adatto a me. Nulla di precisamente allettante. Che ne dice di trovarmi un lavoro nella fabbrica delle trame? Credo che farebbe al caso mio. Cosa? ha chiesto. Sembrava allarmato. Imparerei molto alla svelta, ho detto. Potrei inventare qualche nuova trama, o apportare uno o due cambiamenti alle vecchie – invertire un po' i ruoli. Dare a qualcun altro l'occasione di fare la parte dell'idiota ubriaco e della cameriera buffa e così via. Aumentare le loro potenzialità drammatiche. In realtà quello che avevo in mente era... potrei ritagliarmi un personaggio principale o due. Realizzare i miei sogni di bambino. O potrei ideare un'intera trama esclusivamente con gente esotica. Gente esotica ovunque. In tal caso sarei sicuramente il personaggio principale, non c'è dubbio.

Ha socchiuso gli occhi. Forse mi leggeva nel pensiero: non sono molto furbo, sono sempre stato un disastro a nascondere le cose. Non lo so, ha detto. Abbiamo degli standard da mantenere. Non credo che funzionerebbe.

LE RISORSE DEGLI ICARIANI

Un paese ha bisogno di una qualche risorsa, e il nostro non ne ha. Niente pozzi di petrolio, niente giacimenti di minerali, niente diamanti, niente foreste, niente ricco soprassuolo, niente fiumi impetuosi utilizzabili per l'energia elettrica. Come potremmo avere simili risorse, bloccati come siamo in pieno oceano su uno sterile blocco di geologia infestato dalle capre in un punto equidistante da qualsiasi luogo di una certa importanza?

È vero, abbiamo un po' di storia. Nei tempi andati, prima dei radar, molte navi facevano naufragio sui nostri banchi di sabbia in continuo movimento e sulle secche insidiose. I nostri antenati se ne approfittavano abbastanza, spostando i fuochi di segnalazione di qua e di là, facendo scorrerie nelle stive fracassate, saccheggiando i cadaveri. Abbiamo provato a trasformare in risorsa questa storia, senza grandi risultati. Le distanze che i turisti devono percorrere per vedere le strette spiagge coperte di ciottoli dove hanno avuto luogo questi deplorevoli soprusi sono troppo grandi, di conseguenza i prezzi sono troppo alti. Abbiamo eretto qualche rovina, ma non è convincente, nemmeno da lontano.

Alcune delle nostre fonti – i libri di viaggio più antiquati e inattendibili – citano una leggenda secondo cui la nostra isola avrebbe avuto origine – per opera dell'una o dell'altra divinità – nel punto in cui il famoso Icaro del mito greco precipitò in mare dopo che le sue ali artificiali di cera si erano sciolte. Questo errore è nato dal nome della nostra isola: una parola, in realtà, neanche lontanamente greca. Essa significa – nella nostra lingua – semplicemente «mucchio di fango». Ma gli impianti turistici – o almeno gli antichi impianti turistici, costruiti da speranzosi investitori stranieri – impianti che chiudevano invariabilmente a metà della seconda stagione, dopodiché noi locali depredavamo i bagni –, cercavano di trarre profitto da questa romantica bugia e schiaffavano un ragazzo con le ali sulla loro carta da lettera. Un ragazzo bruciacchiato nell'atto di precipitare verso la propria morte, aggiungerei. Come marchio non era azzeccato.

Che dobbiamo fare? Il commercio sessuale di bambini non fa per noi: i nostri bambini sono poco attraenti e selvaggi, e – data la loro conoscenza della nostra storia – hanno la brutta abitudine di aggredire i possibili clienti e buttarli giù dalle scogliere. Si è cercato di sviluppare qualche forma di artigianato locale: abbiamo insegnato alle donne anziane a fare tatuaggi – ne avevano un vago ricordo – ma chi vuole tatuarsi al giorno d'oggi? Non ha avuto successo neppure la nostra linea di bikini di merletto fatti a mano. Abbiamo provato con il telemarketing su Internet, che ci ha permesso di razziare i conti delle carte di credito, controllati distrattamente; è sempre stato difficile raggiungerci per vie legali, lontani come siamo da qualsiasi cosa che assomigli a un tribunale. Inoltre, per un certo periodo abbiamo avuto un servizio di prenotazioni aeree virtuale e l'abbiamo soppresso dopo i troppi omicidi colposi causati dall'ira nella sala d'aspetto della business class; e abbiamo tentato con una catena di fast-food specializzati in hamburger di capra, dei quali non siamo riusciti a creare una moda. Siamo anche rimasti a corto di capre. Perciò ora cosa dobbiamo fare, ci chiediamo? La nostra forza lavoro non è numerosa, e in ogni caso è riluttante a sgobbare. Quello che ci piacerebbe davvero è una banca offshore, o un istituto penale, ma non crescono mica sugli alberi.

In preda alla disperazione ci siamo aggrappati all'idea degli artisti. Abbiamo sicuramente una scorta di miseria sufficiente a produrne una caterva. Grazie al dolore che ci siamo presi cura di infliggere loro durante l'infanzia e poi a intervalli casuali, grazie alla povertà possiamo garantire che gli artisti produrranno arte. Scriveranno o dipingeranno o canteranno e poi moriranno giovani, dopodiché noi potremo incassare. Avremo le cartoline, cartoline in bianco e nero in cui l'artista guarda in cagnesco o aggrotta le ciglia; e poi i pellegrinaggi e i luoghi di interesse (il luogo di nascita dell'artista, con sopra una targa smaltata azzurra; il bar locale che frequentava, idem; il fosso dove preferiva dormire); le statuine di cattivo gusto dell'artista fatte con stampelle di metallo; forse – è chiedere troppo? – uno di quei libri che si tengono sui tavolini con tante foto e poco testo. Molto più in là un film in cui l'artista soffre e aggrotta le ciglia e beve e muore giovane, tutto daccapo. Ma questo progetto non è stato ancora messo a punto.

Abbiamo avuto un poeta che ha quasi vinto un premio, già. È crepato l'anno scorso, aiutato dal bere e dalla droga, nonché da alcuni di noi. Forse abbiamo avuto troppa fretta – forse avremmo dovuto farlo maturare ancora un po' –, ma da vivo un poeta povero è un salasso per l'economia, mentre da morto ha potenziale.

Comunque, abbiamo qualche speranza. La nostra più grande risorsa è sicuramente l'ottimismo: un tributo allo spirito umano, si potrebbe definirlo. I fabbricanti di magliette si sono già messi prontamente all'opera. Non tutto è perduto.

IL NOSTRO GATTO ENTRA IN PARADISO

Il nostro gatto è stato assunto in cielo. Le altezze non gli erano mai andate a genio, così ha provato ad affondare gli artigli nel serpente invisibile, nella mano gigantesca o nell'aquila, qualunque cosa fosse a sollevarlo a quel modo, ma non ha avuto fortuna.

Alla fine è arrivato in paradiso, che era un grande campo. C'era un'infinità di affarini rosa che correvano di qua e di là e all'inizio li ha scambiati per topi. Poi ha visto Dio appollaiato su un albero. Gli angeli gli volavano intorno con le loro bianche ali palpitanti; emettevano suoni simili a quelli dei colombi. Ogni tanto Dio allungava la sua grossa zampa pelosa, ne ghermiva uno in volo e lo sgranocchiava. Il terreno sotto l'albero era disseminato di ali d'angelo strappate a morsi.

Il nostro gatto si è avvicinato rispettosamente all'albero.

Miao, ha detto il nostro gatto.

Miao, ha detto Dio. In realtà è stato piuttosto un ruggito.

Ho sempre pensato che tu fossi un gatto, ha detto il nostro gatto, ma non ne ero sicuro.

In paradiso viene svelata ogni cosa, ha detto Dio. Questa è la forma nella quale preferisco apparirti.

Sono contento che tu non sia un cane, ha detto il nostro gatto. Pensi che potrei riavere i miei testicoli?

Certo, ha detto Dio. Sono là dietro quel cespuglio.

Il nostro gatto aveva sempre saputo che i suoi testicoli dovevano essere da qualche parte. Un giorno si era svegliato da un sogno piuttosto brutto e non se li era più trovati. Li aveva cercati dappertutto – sotto i divani, sotto i letti, negli armadi – e quelli erano stati tutto il tempo qui, in paradiso! Si è avvicinato al cespuglio, e non c'era dubbio, eccoli là. Si sono riattaccati all'istante.

Il nostro gatto era molto soddisfatto. Grazie, ha detto a Dio.

Dio si stava pulendo i lunghi baffi eleganti. De rien, ha detto.

Potrei aiutarti a prendere qualcuno di quegli angeli? ha chiesto il nostro gatto.

Non ti sono mai andate a genio le altezze, ha detto Dio allungandosi sul ramo alla luce del sole. Avevo tralasciato di dire che c'era la luce del sole.

È vero, ha detto il nostro gatto. Non mi sono mai andate a genio. C'era qualche episodio sconcertante che avrebbe preferito dimenticare. Be', e che ne dici di qualcuno di quei topi?

Non sono topi, ha detto Dio. Ma prendine pure quanti ne vuoi. Non ucciderli subito. Falli soffrire.

Vuoi dire che devo giocare con loro? ha detto il nostro gatto. Quando lo facevo passavo dei guai.

È una questione di semantica, ha detto Dio. Qui non passerai nessun guaio se lo farai.

Il nostro gatto ha preferito ignorare quell'osservazione, perché non sapeva cosa fosse la «semantica». Non intendeva rendersi ridicolo. Se non erano topi, che cos'erano? ha chiesto. Ne aveva già afferrato uno con gli artigli. Lo teneva sotto la zampa. La vittima scalciava e lanciava gridolini.

Sono le anime degli esseri umani che sono stati cattivi sulla terra, ha detto Dio socchiudendo gli occhi verdi-giallastri. E ora se non ti dispiace è l'ora del mio sonnellino.

Ma cosa ci fanno in cielo? ha chiesto il nostro gatto.

Il cielo è il loro inferno, ha detto Dio. Mi piace un universo equilibrato.

CHICKEN LITTLE* ESAGERA

Chicken Little leggeva troppi giornali. Ascoltava troppa radio e guardava troppa televisione. Un giorno qualcosa scattò dentro di lui. Quale fu la goccia che fece traboccare il vaso? Difficile a dirsi, ma di qualunque cosa si trattasse non avrebbe dovuto dare in escandescenze. Tanti di fronte a certe cose non fanno una piega, ma non Chicken Little. Lui prendeva sempre fuoco alla svelta. Corse lungo la strada pigolando a squarciagola. Il cielo sta cadendo! pigolava.

Oh, per l'amor di Dio, disse Gallina Monetina, che stava caricando generi di drogheria sul suo supervan a quattro ruote motrici. Chicken Little, questo è un luogo pubblico. Ti stai rendendo importuno.

Ma il cielo sta cadendo! disse Chicken Little. Io sto dando l'allarme.

Hai dato lo stesso allarme l'anno scorso, disse Gallina Monetina, e il cielo è ancora al suo posto. O almeno c'era l'ultima volta che l'ho guardato, aggiunse con pesante ironia.

«Il cielo sta cadendo» è una metafora, disse Chicken Little in tono stizzito. È vero, il cielo sta cadendo sul serio, ma la caduta del cielo rappresenta tutti gli altri generi di cose che stanno cadendo. Crollando e andando a pezzi. Dovresti svegliarti!

Vai a casa, beviti una birra, fai un po' di meditazione, disse Gallina Monetina. Qualsiasi cosa. Domani ti sentirai meglio.

* *Chicken Little* è il protagonista di una favola da cui è stato tratto il film della Walt Disney *Chicken Little. Amici per le penne*. Pauroso e allarmista, scambia un sassolino caduto da un tetto per un pezzo di cielo.

Ma il giorno seguente arrivò e Chicken Little non si sentì meglio. Andò a trovare il suo vecchio amico Rino Tacchino, che insegnava in un istituto di istruzione superiore.

Il cielo sta cadendo, disse Chicken Little.

Questa è un'analisi, disse Rino Tacchino. Ma ci sono dati che dimostrano che non è il cielo che sta cadendo. È la terra che si sta sollevando. Il sollevarsi della terra sta semplicemente rimpiazzando il cielo; ciò è dovuto a cause geocicliche naturali e non è il risultato dell'attività umana, perciò non possiamo farci niente.

Non mi pare che faccia un briciolo di differenza se è la terra che si solleva o il cielo che cade, disse Chicken Little, dal momento che alla fine rimarremo comunque senza cielo.

Questo è un punto di vista ingenuo, disse Rino Tacchino con sprezzante condiscendenza.

Chicken Little sbatté la porta dell'ufficio di Rino Tacchino facendo cadere a terra il pannello di sughero decorato con intelligenti vignette di giornale. Poi se ne andò da Lina Carlina, con cui una volta divideva l'appartamento, e che adesso dirigeva un importante quotidiano.

Il cielo sta cadendo, disse Chicken Little. È tuo dovere scrivere un editoriale al riguardo!

Se avessi detto «Il mercato azionario sta cadendo», quella sì che sarebbe stata una notizia, disse Lina Carlina. Certo che il cielo sta cadendo, in alcune parti del mondo; non ne siamo all'oscuro; ma gli esperti ci stanno lavorando su. Molto presto faranno il punto della situazione. Nel frattempo non bisogna scatenare il panico.

Chicken Little se ne andò sconsolato. Si rifugiò in un bar. Bevve qualche drink.

Anneghi i tuoi dolori? chiese il barista, che si chiamava Moffetta Puzzetta.

Il cielo sta cadendo, disse Chicken Little.

Lo dicono tutti, disse Moffetta Puzzetta. La tua puttana non ti tratta come si deve? Allora prenditi un'altra pollastra, se vuoi la mia opinione. Gioca un po' a golf. Consuma un po' di energia con l'esercizio fisico. Ti farà bene.

Sui green ci sono sostanze chimiche tossiche che ti fanno venire il cancro alle gonadi, disse Chicken Little.

Che razza di stupide cazzate da ambientalista fanatico mi vai raccontando? chiese Moffetta Puzzetta, che era stanco del suo lavoro e aveva voglia di attaccar briga.

Scusate, disse Anatrella Fortunella, che stava ascoltando di nascosto. Non ho potuto fare a meno di sentire. Sono la presidentessa di una lobby impegnata a rimediare agli stessi identici problemi del cielo che sembrano disturbare anche te. Non è una cosa che puoi sobbarcarti da solo. Se ci mettessimo insieme sarebbe tutto un altro paio di maniche! Hai il libretto degli assegni a portata di mano?

Chicken Little rifiutò questa gentile offerta di aiuto. Formò un gruppo per conto suo e lo chiamò ICSC – la sigla di Il Cielo Sta Cadendo, come all'inizio dovette spiegare per bene ai giornalisti. Aprì un sito web. Ben presto si ritrovò con un gruppo di discepoli zelanti. Erano per lo più marmotte americane e topi muschiati, ma a chi importava? Picchettavano le riunioni politiche. Bloccavano le autostrade. Disturbavano le conferenze al vertice. Portavano grossi cartelli: Rimettete il Cielo al Suo Posto! Se Cade il Cielo Che Sfacelo, Ci Lasceremo Tutti il Pelo! Lo Sa il Cielo Se Siamo Agguerriti!

La cosa si sta facendo seria, disse Porcello Tranello, che era a capo di una grande società di sviluppo che vendeva case in complessi residenziali per pensionati in cielo. Quanto a lui, viveva in un bunker disegnato per proteggerlo dai grossi pezzi di cielo che ora cedevano a intervalli casuali in punti imprevedibili.

Convocò Dina Volpefina. Dina Volpefina agiva nell'ombra. Per soldi commetteva ogni genere di infamia ed era una patita della responsabilità zero. Un tizio deve pur mettere del cibo in tavola, era il suo motto. Non che si preoccupasse troppo della tavola. Per quanto la riguardava era un lusso.

Quello scimunito di Chicken Come-si-chiama mi sta rovinando gli affari, disse Porcello Tranello a Dina Volpefina. Mi sta dando delle grane. È contro il progresso. Dovresti porre fine alle sue sofferenze.

Tipi come quello me li mangio a colazione, disse Dina Volpefina. È il metodo migliore. Non si fa confusione, tranne forse qualche piuma, e non si trovano mai i corpi. Quanto sei disposto a pagare?

Lo sa il cielo se ti pagherò bene, disse Porcello Tranello.

E fu così che andò.

RAGÙ DI TILACINO

Hanno clonato il tilacino. Hanno estratto da un osso un po' di DNA e hanno tolto il nucleo a un ovulo di diavolo della Tasmania e hanno messo il DNA dell'osso di tilacino nell'ovulo, e quello è cresciuto, e lo hanno impiantato, e non ha funzionato, e ci hanno provato ancora, e non ha funzionato, e ci hanno provato ancora, ancora, ancora, e hanno tentato in modo leggermente diverso, e hanno apportato piccole modifiche, e finalmente hanno clonato il tilacino. È venuto fuori, il piccolo tilacino, ed è stato allevato amorevolmente e con grande interesse ed eccolo a correre di qua e di là, con le sue brave strisce, frenetico, come nell'ultimo film che resta su di lui, dove corre e va su e giù ed emette grida silenziose perché il film è muto, e si ferma a guardare in camera con un'espressione tra lo struggente e il severo. Era un tilacino, non c'è dubbio, o almeno gli assomigliava, o assomigliava all'idea che ne avevamo, perché era un animale che nessun uomo vivente aveva mai visto con i propri occhi. Comunque sia quello che hanno ottenuto gli si avvicinava abbastanza. Perché stare a cavillare?

Questo avvenimento ha occupato le prime pagine dei giornali, si capisce, e il tilacino è stato chiamato Truganninì, un nome che si vede nei menù dei ristoranti di quella parte del mondo, forse in segno di rispetto, o come un modo per vendere qualcosa, o una commemorazione, come sulle lapidi. Fatto sta che l'hanno chiamato Truganninì come l'ultima aborigena di sangue puro dell'isola, che fu violentata, o almeno così si dice, a cui uccisero le sorelle, o almeno così si dice, uccisero la madre,

uccisero il marito sotto gli occhi, il cui padre, che viveva in solitudine, una solitudine di un tipo che ucciderebbe i più, morì di crepacuore, e le ossa furono disseppellite e messe in mostra per un centinaio di anni, contro la sua volontà, ma lei era morta perciò che volontà poteva mai avere, che diritto hanno i morti di volere qualcosa, dopotutto sono morti, sono presenti solo sotto forma di ossa, in una teca di vetro esposta agli sguardi della gente. Come le ossa del tilacino, quelle che sono state guardate per anni, quelle da cui è stato saccheggiato il DNA per fare il clone di tilacino.

Folle di persone sono andate a vederlo. È stato girato un documentario. Assegnati premi. Cos'è successo poi? Il tilacino è scomparso. Svanito. Un giorno era là, nella sua solitudine, nella sua unicità, nella sua gabbia, o piuttosto nel suo ampio recinto sistemato con gusto che correva senza posa di qua e di là come in cerca di qualcosa, e poi è sparito. Ma non è morto di solitudine. È stato venduto. Con il ricavato uno scienziato disonesto si è ritirato alle Bermuda. Un riccone dai gusti raffinati ha mangiato il tilacino. L'ha mangiato sotto forma di ragù. Smaniava per i pezzi unici, voleva essere l'unica persona al mondo a mangiare un tilacino. Non aveva un sapore eccezionale, malgrado la cura spesa nella sua preparazione – be', non c'erano mica ricette –, ma un sapore molto costoso, e l'uomo che l'ha mangiato ha scritto nel suo diario segreto che tutto sommato valeva il suo prezzo.

GLI ANIMALI RIPUDIANO I LORO NOMI

e le cose tornano alle loro origini

I.

Fu l'orso a cominciare. Disse:
mi libererò dal giogo.
Non sono Orso, L'Ours, Ursus, Baar
o qualsiasi altra sillaba
mi abbiate affibbiato.
Dimenticate gli arazzi dei castelli,
dove sono trascinato in catene ricamate,
e le glorie scarlatte della caccia
che gloriosa era solo per voi,
voi con le vostre mazze e i vostri randelli.

Dimenticate le favole nelle quali ero
il vostro fantoccio peloso, principe dall'ispido cilicio, surrogato
di demoni umani.
Non sono la vostra pelliccia, tappetino, trofeo dagli occhi di vetro,
giocattolo di peluche con cui fare la nanna, e non sono io
nello spazio cosmico col mio cucciolo risplendente.
Non sono il vostro totem; mi rifiuto
di ballare nei vostri circhi; non potete scolpire
la mia anima nella pietra.

Bando alle metafore: non sono
un ladro di bambini, un cambiaforma,
un vecchio mangiatore di immondizia, e infilateci pure
una similitudine: una volta rasato
non sono *come un uomo*.

Mi riprendo quanto avete rubato,
e nelle vostre lingue annuncio
che ora sono senza nome.
Il mio vero nome è un ringhio.

(A pensarci bene, non sono
nemmeno un copricapo inglese:
non denoto coraggio.
Voglio tornare a mangiare salmone
senza tutta questa responsabilità militare).

Io ti seguo, disse il leone,
abbandonando i suoi stemmi
e i suoi loghi di film; e l'aquila severa:
Toglietemi da questa bandiera.

II.

Allora i dizionari cominciarono a disfarsi,
e il tempo si fermò e andò a ritroso;
i maglioni si riavvolsero in gomitoli di lana,
che rotolarono belando nei prati;
i profumi tornarono in Francia
e là i vecchi spirarono di una dolce morte
per i loro stucchevoli effluvi.
I preti restituirono le vesti
alle donne, e le donne
si disfecero alla svelta delle scarpe di coccodrillo
prima che gli antichi proprietari si presentassero a reclamarle.

I violini delle spiagge dell'East Coast
volarono via dalle dita di chi li suonava,
risucchiando valzer, lamenti funebri e danze scatenate,
atterrarono in Scozia, si scomposero
tra gemiti nel proprio legno e nelle proprie budella
e si dileguarono negli alberi
e nelle viscere e nei gridi di gatti morti da secoli

e nelle code di cavalli abbattuti.
Le canzoni si affollarono di nuovo giù
nelle gole di chi le cantava,
e milioni di computer esplosero
e puntarono chip dopo chip
sui cervelli degli inventori.

Topi schiacciati furono espulsi dalle trappole,
spose e sposi si separarono come treni smistati,
scatole di sardine scoppiarono, liberando le loro brulicanti orde;
ossa di dinosauro sfrecciarono come missili
fuori dai musei per tornare nei calanchi,
e pallottole volarono sfrigolando dentro i loro fucili.
Perline di vetro saltarono via da abiti da sera e mocassini
e caddero sull'Italia in una grandine di pericoloso colore,
mentre i bianchi scomparivano al di là dell'Atlantico
in una folata d'inquinamento, stringendo invano
i loro strumenti del potere, le chiavi dell'auto, e i tosaerba
che si rituffarono come pesci metallici nelle miniere;
lo stesso i neri, recuperando la sincope;
tutti i fiori furono risucchiati come germogli nei loro gambi.
Le popolazioni indigene fecero un rapido lavoro di sgombero
di cowboy e texani, ma poi invece andarono
a ovest, scandendo un addio
alle pianure avite, che erano reclamate
da irsuti mastodonti e dai predecessori dei cavalli
e ovunque
i bambini si restrinsero e cominciarono a
perdere i denti e a coprirsi di peli.

III.

Ebbene, d'un tratto ci furono molti più fenicotteri
che poi a loro volta si trasformarono in uova,
mentre i corpi della gente regredivano attraverso le loro
genealogie carnali come pietre da guado,
uomo donna uomo, contenente nel contenuto,

spandendo linguaggio e raccogliendosi,
matassa su matassa di protoplasma

finché non ce ne fu che una,
sola alla prima assegnazione di nomi;
ma gli animali abituati alla vita di strada, preavvertiti
e ormai al corrente dei diversi significati
della parola *dominio*,
non si fecero vivi,
e Adamo, incapace di esprimersi, privo
del suo arsenale di nomi propri,
ritornò nel fango

e il fango stesso divenne lava
e la lava terra non raffreddata
e la terra non raffreddata un vortice di incandescente
energia, e l'energia si compresse
nel proprio potenziale, e vorticò
come fluorescente acqua del bagno
giù per un'inesistente tana di verme.

IV.

Potrei concludere con una morale,
come se questa fosse una favola sugli animali,
sebbene in realtà nessuna favola sia sugli animali.

Potrei dire: Non offendete l'orso,
non dite barzellette cattive su di lui,
abbiate compassione del suo cuore di orso;
potrei dire: Pensateci due volte
prima di parlare.
Potrei dire: Non prendete il nome
di alcunché invano.

Ma è decisamente troppo tardi per farlo,
perché voi non potete leggere questo,

perché non ricordate la parola per *leggere*,
perché l'afasia vi rende confusi,

perché la pagina diventa oscura e si increspa
perché è liquida e intatta,
perché Dio si è morso la lingua
e la prima luminosa parola della creazione
si libra nello spazio informe
non detta.

TRE ROMANZI CHE NON SCRIVERÒ PRESTO

I. Verme zero

In questo romanzo muoiono tutti i vermi. Inclusi i nematodi. E tutto ciò che ha la forma del verme ma potrebbe anche non essere un vero verme. Dovrei includere i bruchi? E le larve? Ne saprò di più una volta che mi sarò dedicata anima e corpo a questa faccenda.

Comunque sia, vermi. Quelli nella terra e quelli nell'acqua. Quelli dentro il pesce. Quelli dentro i cani. Quelli dentro gli uomini, come gli ossiuri, gli ascaridi e le tenie. Muoiono tutti, dal primo all'ultimo. La cosa non ha solo risvolti negativi.

O almeno all'inizio non ha solo risvolti negativi. Ma ben presto – perché ormai, cosa essenziale, i lombrichi sono estinti – il suolo non viene più smosso nel solito modo. Gli escrementi dei vermi non vengono più espulsi in superficie, i fori scavati dai vermi non vi fanno più penetrare la pioggia. Le preziose sostanze nutritive rimangono sigillate in strati di sottosuolo. I campi un tempo produttivi si trasformano in granito. Le coltivazioni diventano stentate per poi cessare definitivamente di crescere. La carestia comincia a diffondersi.

Chi seguiremo nel corso di questa dolorosa vicenda? Io propongo Chris e Amanda. Sono una simpatica giovane coppia che ha già fatto del sesso fantastico nel Capitolo Uno, o forse nel Capitolo Due. Poi è balenata loro in mente la consapevolezza di quanto stava accadendo, e mandano a monte i loro piani di rinnovare la cucina e di installare un nuovo frigorifero rotondo ecocompatibile che spunta fuori dal piano di lavoro. Fuggono nella loro villetta estiva mentre l'ordine civico va a rotoli nella città un tempo prospera in cui vivono, e la gente comincia a mangiarsi i gatti e i pesci rossi e i girasoli secchi delle composizioni floreali che ornano le loro sale da pranzo.

Amanda, che è l'ottimista della coppia, prova a coltivare pomodori ciliegina nel patetico fazzoletto di terra che una volta riservava unicamente alle petunie. Chris è un realista. Lui guarda il disastro dritto nella sua faccia senza vermi. (Già, mi è venuto in mente che sono morte anche le larve!, il che spiega le varie carcasse di animali sparse sul terreno della villetta rosicchiate da corvi e simili, ma non ripulite alla perfezione come una volta avrebbero fatto le larve).

Ultima scena: Amanda cerca di scavare dei buchi con un ferro da calza nel terreno duro come la selce. Chris esce dalla casa. Ha in mano una tazza contenente i loro ultimi resti di caffè decaffeinato istantaneo. «Almeno siamo insieme» dice Amanda.

O farei meglio a far gridare a Chris: «Dove siete, dannati vermi, ora che abbiamo più bisogno di voi?»

O forse dovrebbe gridarlo Amanda. Giungerebbe inaspettato e indicherebbe uno sviluppo del suo carattere.

Ora che questo ha avuto luogo – questo grido catartico, rivelatore e in qualche modo incoraggiante – in un angolo del giardino si potrebbe scoprire un vermiciattolo che continua a contorcersi accoppiandosi con se stesso. Sembrerebbe una nota di accorata speranza. Mi piace sempre concludere così.

II. La spugna micidiale

In questo romanzo una spugna situata su un banco di sabbia vicino alla costa della Florida comincia a crescere a ritmo vertiginoso. Ben presto ha raggiunto la spiaggia e avanza gocciolando nell'entroterra, ingoiando cammin facendo i condomini e le comunità recintate sulla spiaggia. Nulla riesce a fermarla. Non dimostra alcun rispetto per i blocchi stradali, per la polizia statale e nemmeno per le bombe. Una spugna che si scatena è un nemico formidabile. Non ha un sistema nervoso centrale, come noi.

«Non è come noi» dice Chris dalla cima del suo condominio, dov'è salito con il binocolo per una ricognizione. Amanda si stringe a lui con aria spaurita. Che peccato – hanno appena comprato l'appartamento nel quale nel Capitolo Uno avevano fatto del sesso fantastico, e adesso guarda un po'. Tutto quell'arredamento sprecato.

«E se ci spruzzassimo sopra del sale?» chiede Amanda in tono esitante e supplichevole.

«Tesoro, non è una lumaca» dice Chris con fare autoritario.

Queste dovrebbero essere le sue ultime parole? La spugna dovrebbe piombargli addosso con la sua viscida massa soffice ma letale? O si dovrebbe permettere loro di sconfiggere il mostruoso accessorio da bagno e salvare la situazione disperata per la Florida, per l'America, e in definitiva per l'umanità? Io propenderei per quest'ultima ipotesi.

Ma finché saprò la risposta a questa domanda – finché sarò convinta in cuor mio che lo spirito umano ha i mezzi per tenere testa a questo malevolo mucchio di cellulosa che la testa non ce l'ha – perché uno scrittore fedele alla verità dell'io interiore certe cose non può simularle – la storia potrebbe benissimo non avere neppure inizio.

III. Tuffoscarafaggi

L'ho sentito come in sogno. «Tuffoscarafaggi». Ho spesso certe intuizioni, certi doni dell'Ignoto. Mi vengono e basta. Proprio come in questo caso.

Quella parola – sempre che lo sia – potrebbe sembrare alquanto sbalorditiva sulla sopraccoperta di un libro. Meglio «Il tuffo degli scarafaggi», in quattro parole? O forse «La caduta degli scarafaggi»? O magari «La discesa degli scarafaggi», che avrebbe un tocco più letterario?

Facciamoci venire un'idea. Lasciamo perdere il titolo! Per ora è un romanzo senza nome. Vengo immediatamente liberata dalla necessità di dover fare qualcosa riguardo agli scarafaggi. Li ho visti così chiaramente i primi tempi che pensavo a questo libro – tutti gli scarafaggi del mondo che si tuffavano dalla scogliera, come pecoroni, guidati da un misterioso istinto andato a male – ma ponevano un bel problema: cioè, quali sarebbero state le conseguenze?

Forse ho sentito male. Forse era «Il tuffo della bottiglia»*. Forse erano Chris e Amanda nella Volkswagen verde di Chris, che venivano sbattuti fuori strada e spinti pericolosamente vicino all'orlo di una scarpata da una Mercedes nera guidata dal marito ubriaco di Amanda. Chris e Amanda avevano fatto del sesso fantastico nel Capitolo Uno, ma nel Capitolo Due era arrivato il marito di Amanda sulla Mercedes, proprio mentre Chris – che è lo studente che fa lavoretti da giardiniere nella comunità recintata – stava dando ad Amanda una spiegazione post-coitale sull'infestazione di coleotteri (rossi e neri con le mandibole arancione) che in quel momento devastavano i bordi di erbacee.

Mentre Chris stava pronunciando la parola *devastavano*, il

* Gioco di parole intraducibile tra *beetle* (scarafaggio) e *bottle* (bottiglia).

marito è balzato dentro attraverso la porta finestra in avanzato stato di ebbrezza con l'assassinio nel cuore. Chris ha preso Amanda per mano ed è schizzato verso il suo veicolo malandato, un pickup Ford verde: ho riconfigurato la Volkswagen, non era abbastanza robusta. Poi si passa alla scena dell'inseguimento. (Chris guiderà con grande abilità, sebbene distratto dalle urla lanciate da Amanda, e all'ultimo momento scarterà, facendo in modo che sia il marito, che non ci è mai piaciuto – era un dirigente disonesto nel campo del petrolio e del gas e un sadico feticista del piede – a precipitare dalla scogliera. Chris e Amanda finiranno tremanti ma felici l'uno nelle braccia dell'altra, esattamente dove vogliamo che stiano).

Ma forse non era «Il tuffo della bottiglia». A pensarci bene, la frase poteva essere «La purga brutale»*.

Questo dove ci porta? Con i piedi per terra. Ma quale epurazione brutale? Ce n'è un'ampia scelta. Quelle del passato, quelle del presente e, ahimé, quelle ancora a venire. In ogni caso, se si tratta di «Epurazione brutale», non vedo come andare avanti. Chris e Amanda sono molto simpatici. Hanno denti dritti, vite snelle, calze pulite e le migliori delle intenzioni. Non c'entrano niente in un libro come questo, e se ci capiteranno per caso non ne usciranno vivi.

* Gioco di parole intraducibile tra *bottle plunge* (il tuffo della bottiglia) e *brutal purge* (la purga brutale).

FARSI CARICO

I. «Signore, i loro cannoni hanno aperto una falla nella nave. Al di sotto della linea dell'acqua. L'acqua si sta riversando nella stiva, signore».

«Non startene là, testone! Taglia un pezzo di vela, tuffati, turala!»

«Signore, non so nuotare».

«Porco diavolo, accidenti a te, quale balia ti ha lasciato prendere il mare? Non c'è niente da fare, dovrò pensarci io. Tienimi la giacca. Spegni quel fuoco. Togli di mezzo quegli alberi».

«Signore, una cannonata mi ha maciullato le gambe».

«Be', fai del tuo meglio».

II. «Signore, i loro missili anticarro hanno fatto a pezzi il cingolo sinistro del nostro carro armato».

«Non startene seduto là, idiota! Prendi una chiave inglese, striscia sotto il carro, aggiustalo!»

«Signore, sono un artigliere, non un meccanico. E comunque non funzionerebbe».

«Perché diavolo mi mandano degli scimuniti buoni a nulla come te? Non c'è niente da fare, dovrò pensarci io. Coprimi con la tua mitragliatrice. Tieniti pronto con le granate. Passami quella chiave».

«Signore, ho le braccia carbonizzate».

«Be', fai del tuo meglio».

III. «Signore, il loro diabolico virus worm ha infettato il sistema di comando del nostro missile. Si sta mangiando il software come se fosse un dolce».

«Non startene là a ciondolare, coglione! Avanti con i *firewall*, o qualunque cosa usi».

«Signore, sono un addetto ai monitor, non un tecnico riparatore».

«Ma va' a cacare, cosa credono che mandiamo avanti qui, un salone di bellezza? Se tu non puoi, dov'è quello stronzo di genio dell'informatica dalla faccia butterata, quel fanatico dei computer in grado di farlo?»

«Signore, è stato lui a scrivere il virus. Non amava il gioco di squadra, Signore. I missili sono già stati lanciati e ora puntano dritti su di noi».

«Non c'è niente da fare, dovrò pensarci io. Passami quella mazza».

«Signore, abbiamo sessanta secondi».

«Be', fai del tuo meglio».

IV. «Signore, il makorin è andato in tilt e ha fatto saltare il vergafischietto. Questo ha saddamato il blobzoide plabarbone. Potrebbe essere opera di nanobaconi ostili».

«Non startene là a svolazzare, fannuclone! Doppla il magmatrone, riavvia il fragecurvatore e inserisci la tecnolama ad alta velocità con l'accessorio pessimal-point! Questo catturerà i piccoli biobot cattivi!»

«Signore, il magmatrone non rientra nella mia sfera di competenza».

«Quale pixelmeninge ti ha sganciato? Non c'è niente da fare, dovrò pensarci io. Passami il blandogesso succhiasterco!»

«Signore, mi hanno rubato il cervello. Ora è in un barattolo in Uzbekistan, sorvegliato da una falange di pseudoguerrieri virtuali. Le sto parlando attraverso un ologramma di simulazione».

«Be', fai del tuo meglio».

V. «Signore, i cani selvatici hanno scavato un passaggio fino al nascondiglio del cibo e stanno mangiando le provviste per l'inverno».

«Non startene là accovacciato, perdigiorno! Raccogli la tua ascia di pietra e prendili a botte in testa!»

«Signore, questi non sono normali cani selvatici. Sono cani spiriti demoniaci dagli occhi rossi mandati dagli avi adirati. E comunque sulla mia ascia di pietra grava una maledizione».

«Per le ossa di mia madre, cosa ho fatto per meritare un inutile figlio di nipote di fratello stronzo come te? Non c'è niente da fare, dovrò pensarci io. Recita l'incantesimo per-uccidere-i-cani-spiriti-demoniaci dagli occhi rossi e passami la mia lancia consacrata temprata dal fuoco sacro».

«Signore, mi hanno squarciato la gola».

«Be', fai del tuo meglio».

POST-COLONIALI

Tutti noi li abbiamo: il palazzo con la cupola, tardo vittoriano, solida muratura, facciata con leoni di pietra; le case in mattoni, a tre piani, con o senza trafori, di legno, o ferro dipinto, che ora hanno raffinate targhe smaltate o di bronzo con la parola *Storica* e si possono visitare tutti i giorni tranne il lunedì; le rose, grandi, di una varietà che prima qui non c'era. Prima di cosa? Prima che le navi approdassero, da tutti noi sono approdate delle navi; prima che gli uomini dai cappelli di castoro, cappelli da marinaio, cappelli a cilindro, cappelli di qualsiasi genere, scendessero dalle navi; prima che gli indigeni tirassero frecce agli uomini in cappello oppure gli si mostrassero amici e li salvassero dalla morte per fame, tutti noi avevamo degli indigeni. Frecce o non frecce, gli uomini in cappello non vennero fermati, o almeno non per molto, e poi avevano anche delle bandiere, tutti noi avevamo delle bandiere, bandiere che non erano le stesse che abbiamo adesso. Gli indigeni non avevano cappelli né bandiere, o almeno non in quanto tali, perciò bisognava fare qualcosa. Esistono quadri raffiguranti le cose che venivano fatte, quadri prima-e-dopo si potrebbe dire, dipinti da pittori che spuntarono fuori al momento giusto, tutti noi avevamo dei pittori. Dipinsero gli indigeni nei loro pittoreschi vestiti, senza cappello, dipinsero gli uomini in cappello, dipinsero le mogli e i figli degli uomini in cappello, una volta che essi ebbero mogli e figli, una volta che ebbero case in mattoni a tre piani dove metterli. Dipinsero i magnifici nuovi animali e uccelli, ce n'erano in abbondanza allora, dipinsero i paesaggi, prima e dopo, e a volte durante, con le asce e il fuoco freneticamente all'opera, si può vedere qualcuno di questi dipinti nelle Case Storiche e qualcuno nei musei.

Noi andiamo nei musei, dove riflettiamo*. Riflettiamo sul passato, riflettiamo su quel qualcosa che fu fatto, riflettiamo sugli indigeni, che se la passarono male per mano nostra nonostante le frecce o, viceversa, nonostante la disponibilità. Furono devastati dalle malattie: questo non lo dipinse nessuno. E anche cacciati, presi di mira con armi da fuoco, presi a colpi di mazza sulla testa, derubati e via dicendo. Riflettiamo su queste cose e ci sentiamo malissimo. *Noi abbiamo fatto questo*, pensiamo, *a loro*. Diciamo la parola *loro*, credendo di sapere cosa intendiamo con essa; diciamo la parola *noi*, anche se a quel tempo non eravamo nati, anche se i nostri genitori non erano nati, anche se magari gli antenati dei nostri antenati erano venuti da tutt'altra parte, da qualche posto con strani cappelli e con una bandiera completamente diversa da quella che fu fatta sventolare qui sulla spiaggia, al vento, il vento cattivo che (non manchiamo di riflettere) ci ha portato un sacco di cose buone. Mangiamo bene, le luci si accendono quasi sempre, il tetto tutto sommato non perde, le ruote girano.

Quanto a *loro*, le nostre capitali hanno nomi che derivano dai loro nomi, e lo stesso le nostre marche di birra, e alcuni ma non tutti gli articoli che rifiliamo ai turisti. Facciamo largo uso della parola *autentico*. Siamo innamorati anche dei trattini: la nostra parola, la loro parola, unite fianco a fianco. A volte compaiono nei nostri musei, senza cappello, con i loro pittoreschi vestiti di un tempo, cantando autentiche canzoni, fingendo di essere proprio loro. È un lavoro a pagamento. Ma a volte, di tanto in tanto, forse all'imbrunire, quando spuntano fuori le falene e i fiori che si schiudono di notte, le nostre mani odorano di sangue. Solo una zaffata occasionale. *Noi abbiamo fatto questo, a loro*.

Ma chi siamo noi adesso, a prescindere dalla domanda *Chi siamo noi adesso*? Questa domanda ci accomuna tutti. Chi siamo, noi, all'interno del recinto del *noi*, della palizzata del *noi*, della fortezza del *noi*, e chi sono loro? Sono *loro*, che approda-

* Gioco di parole intraducibile tra *museums* (musei) e *muse* (riflettere).

no a bordo delle loro barche clandestine, di notte? Sono loro, che si insinuano qui dentro con i loro cappelli bizzarri, con bandiere che non riusciamo neppure a immaginare? Dovremmo mostrarci loro amici o tirargli frecce? Quali sono i loro piani, immediati, a lungo termine, e questi loro piani faranno al caso nostro? È una preoccupazione costante, questo *noi*, questo *loro*.

Ed eccola qui, in una parola, o forse due: post-coloniali.

LA CASA DELL'EREDITÀ

La Casa dell'Eredità è la casa in cui conserviamo l'Eredità. Non è stata costruita per questo – una volta era un posto in cui la gente viveva davvero –, ma là dentro ogni operazione era scomoda, per l'acqua c'era il pozzo, per la luce c'erano lampade a olio e candele di sego e per il riscaldamento c'era un caminetto di pietra, e poi c'erano i vasi da notte da vuotare e le vasche da bagno di latta da riempire. Era anche difficile tenere pulite le stanze. Perciò la gente ha costruito nuove case, con tubature e così via, ma la Casa dell'Eredità non è stata abbattuta, e quando abbiamo deciso di avere un'Eredità abbiamo convenuto che la Casa dell'Eredità era un buon posto dove accumulare le cose.

L'abbiamo rimessa in sesto, si capisce: nuova pittura, lucido per ottoni, cera per pavimenti. Abbiamo assunto alcune donne per portare in giro la gente: sono esperte nel sorridere, dare spiegazioni e annuire. Tra noi è opinione comune che se gli uomini compissero troppe di queste azioni i loro visi si riempirebbero di screpolature e si staccherebbero, mettendo a nudo nient'altro che cartilagine.

Anche le persone che visitavano la Casa dell'Eredità erano per lo più donne. Volevano le spiegazioni che vi si potevano trovare – perché le sedie erano più alte delle altre sedie, al tempo dell'Eredità, e chi si occupava di strofinare le vasche da bagno di latta e di vuotare i vasi da notte, e come faceva l'acqua a uscire dal pozzo. Volevano sapere com'è che le cose sono diventate come sono adesso, e speravano che le spiegazioni fornite dalle donne sorridenti nella Casa dell'Eredità potessero essere utili in tal senso.

Agli uomini non importava granché di questi argomenti, e perciò non ci andavano. Dicevano anche che con Eredità si sarebbero dovute intendere le cose ereditate, tramandate per così dire da padre in figlio, ma siccome nessuno faceva più le cosiddette cose ereditate e neppure ci pensava, se non quando era nella Casa dell'Eredità a vedersi fare cenni del capo e sorrisi, annoiato a morte dalle spiegazioni, tanto per cominciare Casa dell'Eredità era una definizione sbagliata e non capivano perché dovessero pagare le tasse per tenere aperto l'edificio.

Con il tempo la Casa dell'Eredità si è riempita. Era un posto talmente comodo dove ammucchiare le cose che non servivano più ma non si volevano gettare via. Vi si è ammassata sempre più Eredità. È stato costruito un edificio secondario con una sala da tè dove riposare i piedi e rilassarsi – l'Eredità poteva essere estenuante – e sono state assunte altre guide donne, e condotte ricerche sui costumi autentici da fargli indossare. Ma poi c'è stato un cambiamento al governo e i fondi sono stati tagliati. Forse bisognerebbe liberarsi di un po' di Eredità, si è detto. Ma ormai c'era talmente tanta Eredità stipata là dentro che una semplice cernita avrebbe richiesto più denaro di quanto nessuno fosse disposto a spendere. Così non se n'è fatto niente.

Anch'io sono andata alla Casa dell'Eredità, l'altra settimana. Era in sfacelo. Le finestre erano opache di polvere, i gradini del portone erano un obbrobrio: era chiaro che da anni ormai nulla veniva pulito a fondo o sistemato. Ho suonato il campanello arrugginito per un'eternità prima che qualcuno venisse ad aprire. Finalmente la porta si è socchiusa. Ho visto un lungo ingresso con scatole e casse ammonticchiate fino al soffitto. Su ogni scatola c'era un'etichetta: CORSETTI. MIXER. SERRAPOLLICI. CALCOLATRICI. MASCHERE DI CUOIO. BATTITAPPETI. CINTURE DI CASTITÀ. SPAZZOLE PER SCARPE. MANETTE. BASTONCINI DI LEGNO D'ARANCIO. VARIE.

Da dietro la porta è apparsa una donna anziana. Indossava un accappatoio di ciniglia. Mi ha fatto entrare spingendo da parte una pila di giornali che si stavano ingiallendo. Il posto puzzava di escrementi di topo e di muffa.

Mi ha fatto un cenno del capo, ha sorriso. Non aveva perso la mano. Poi si è lanciata in un torrente di spiegazioni; ma la lingua in cui parlava era obsoleta, e non sono riuscita a capire una parola.

RIDATECI LA MAMMA: UN'INVOCAZIONE

Ridateci la mamma,
la mamma che faceva il pane nel suo lindo grembiule a quadretti,
tale e quale ai grembiuli che le cucivamo
durante le lezioni di economia domestica
per farle un'improvvisata
alla Festa della Mamma –

la mamma, che non aveva un lavoro
perché che bisogno c'era che ne avesse uno,
che ci impacchettava il pranzo da portare a scuola –
il panino al tonno, la mela,
i biscotti di farina d'avena avvolti in carta oleata –
con gli elastici che conservava in un barattolo;
che al nostro ritorno era sempre a casa,
a stirare
o a fare qualcosa di altrettanto noioso,

che faceva un fiacco sorriso da donna di fatica in trappola
quando le scivolavamo accanto
diretti al telefono,
pieni di scontrosità e disprezzo
e decisi a non diventare mai come lei.

Ridateci la mamma,
che voleva fare la pianista concertista
ma non ne ha mai avuto l'occasione
e ci ha fatto prendere lezioni di piano,
che non sopportavamo –

la mamma, di cui mangiavamo con avidità
le rotelle di aspic e le insalate Jello,
anche se poi le disprezzavamo –
la mamma, che faceva il brasato, brava con le cipolle
ma in ansia quando aveva a che fare con l'aglio,
a cui regalavamo una padella nuova di zecca
ogni santo Natale –
proprio quello che desiderava –

la mamma con il rossetto scuro sulle labbra,
che sorrideva in bianco e nero
dalle pubblicità del sapone, dell'Aspirina e della carta igienica,
la mamma, con la sua vita segreta
di mal di testa e bucati macchiati
e mucose irritate –
la mamma, che conosceva la sporcizia,
e nascondeva la sporcizia, e faceva il lavoro sporco,
e non vedeva mai né noi
né se stessa abbastanza puliti –

e che credeva
ci fosse dell'altra sporcizia
di cui non bisognava parlare ai bambini,
e non l'ha fatto,
perché sarebbe stata pericolosa solo in seguito.

Ci manchi, mamma,
anche se sei stata felicemente insultata
su libri e riviste
per avere rovinato i tuoi bambini
– che saremmo noi –
per non averli amati abbastanza,
per averli amati troppo,
per aver voluto troppo amore da loro,
per una certa incapacità di amare –

(la mamma, lasciata per la segretaria
dal marito che le ha pagato gli alimenti,

la mamma, che beveva da sola
il pomeriggio, guardando la TV,
che si tingeva i capelli di un'improponibile
sfumatura di rosso, che alle feste
flirtava con gli amici del marito,
cercando con tutte le sue forze
di non sprofondare sotto la linea
di demarcazione tra coraggio e disperazione –

e che è stata portata via
e rinchiusa, perché un giorno
ha cominciato a gridare e non voleva saperne di smettere,
e ha fatto qualcosa di molto brutto
con le forbici da cucina –

Ma quella non eri tu, no, non
era la mamma che avevamo in mente, era
la pazza in fondo alla strada –
era solo una signora
divenuta vittima
di incidenti non visti,
e poi quella storia orrenda...)

Ritorna, ritorna, oh, mamma,
dalla follia o dalla morte
o dalla nostra memoria danneggiata –
appari così com'eri:

Regina della griglia da cialde,
generosa dispensatrice di dentifricio,
maga del Mercurocromo,
giocatrice di fumose partite di bridge
nelle quali vincevi in secondo premio – degli strofinacci,
che covavi uova per rammendare
da cui uscivano solo calze,
che bollivi un orribile porridge –
arrampicati di nuovo sulla scatola del preparato per torte,
assumi l'aria vivace e competente di un tempo –

Se solo potessimo chiamarti –
Vieni mamma, Vieni mamma –
e tu arrivassi ticchete tacchete
sui tuoi tacchi cubani che portavi di giorno,
odorante di lavello e lillà,

(con il sedere rinchiuso nel busto
che ti sfilavi la sera
con un sospiro simile al fiato di una palude),
dicendo *Che c'è ora*,
e noi potessimo imprigionarti
in una rete, e metterti in gabbia
nel tuo bungalow, dov'è il tuo posto,
e fartici restare –

Allora andrebbe tutto bene,
come quando potevamo rimanere a giocare
fin dopo che faceva buio nelle sere di primavera,
e poi dormivamo senza paura
perché tu ti gettavi davanti alla paura
e ci facevi scudo con il tuo corpo –

E tu sarai là, con la tua vestaglia di cotone,
stringendo una molletta di legno
tra i denti, mentre il bucato sventola
sulla corda con cui una volta hai pensato per un istante
di impiccarti –

ma dimenticalo! Tu sarai là,
intonando una canzone della tua giovinezza
come se il tempo non fosse passato,
e noi potremo essere di nuovo spensierati,
e vergognarci di te,
e ignorarti come facevamo una volta,

e i buchi nel mondo saranno riparati.

III

LA VERSIONE DI ORAZIO

*Assentati per un poco dalla felicità, e in questo mondo feroce respira soffrendo per raccontare la mia storia**

Queste furono le ultime parole che mi rivolse Amleto. Be', quasi le ultime. Allora ignoravo che non si trattava di una richiesta ma di un ordine – anzi, di un'astuta e perversa maledizione. Sarei stato condannato a rimanere in vita finché non avessi *davvero* raccontato la storia. Ed è per questo che state leggendo le mie parole, su questo stesso giornale, oggi.

Sì, è Orazio a parlare: amico, confidente, orecchio sempre pronto, eterno spettatore nei momenti di letizia e negli sfaceli dei grandi e dei sanguinari. Devo dire che feci del mio meglio come spalla durante l'affare di Elsinore. Ascoltai gli sfoghi di Amleto, che a volte confinavano con la pazzia; mi mostrai solidale; offrii quello che speravo fosse un consiglio saggio. E poi rimasi bloccato a mettere ordine in quella confusione non da poco.

O meglio, non tanto a mettervi ordine: a nasconderla. Dovevo registrare gli avvenimenti in maniera veritiera, così come si erano svolti, pur mostrando Amleto in una luce più o meno favorevole, la luce che splende su ogni protagonista. Speravo di spremere un po' di poesia da quegli avvenimenti, una poesia fosca avrebbe dovuto essere. Forse potrei aggiungere qualche riflessione filosofica sulla condizione umana. Speravo anche di venirmene fuori con una risoluzione plausibile della storia.

* W. Shakespeare, *Amleto*, Atto V, scena II, tr. it. di Nemi D'Agostino, Garzanti, Milano, 1984.

Ma qual era *in realtà* la storia? Era una storia di vendetta, questo almeno era chiaro. Era stato fatto un torto, o così sembrava. Amleto disse, se ben ricordo: «O maledetto rancore, che mai io debba esser nato per raddrizzare i tempi», o qualcosa del genere. Ma a causa della cupa incertezza combinata a improvvisi atti avventati, finì per uccidere qualche persona in più del dovuto, perfino secondo i parametri dell'onore piuttosto elastici in vigore al tempo.

Ciò accade di frequente, come ho osservato nel corso di tutta la mia vita ormai troppo lunga. Gli Hatfield e i McCoy ci danno dentro finché, gira e rigira, non resta più in piedi nessuno. Le nazioni sono simili. «Due torti non fanno una ragione», ho spesso detto mentre me ne stavo di proposito nella linea del fuoco durante questi regolamenti di conti piccoli, medi e grandi, ma pochi mi hanno mai prestato ascolto. Occhio per occhio, è così che ragionano. Testa per testa, bomba per bomba, città per città. Gli esseri umani – ho osservato – vanno matti per tenere il punteggio e, dal momento che piace loro vincere, cercano sempre di fare una cosa migliore degli altri.

Scusatemi. Non una cosa migliore. Una cosa in più.

Cominciai abbastanza bene all'inizio. Trovai un pezzo di pergamena intonso, preparai un po' d'inchiostro. *C'era una volta un principe ben intenzionato ma contorto di nome Amleto*, scrissi. Ma non suonava proprio bene. Allora pensai che avrei potuto farne una sorta di dramma. Elsinore. *Un palco davanti al castello*, scrissi. E con ciò mi prosciugai.

Il guaio è che cominciai a pensare alla storia dietro la storia, che non era che Claudio aveva ucciso Amleto il Vecchio, ma che Amleto il Vecchio aveva assassinato un altro re chiamato Fortebraccio. Be', non proprio assassinato: ucciso in duello, impadronendosi così di un pezzo del suo territorio. Ma il risultato di tutte le macchinazioni di Amleto il Giovane fu che finì col morire lui stesso e Fortebraccio II si impadronì di tutto – non solo delle terre perdute del padre, ma anche di tutte le terre di Amleto.

Perciò, se fu una storia di vendetta, fu una vendetta ben strana. L'unico a beneficiarne fu qualcuno che non era direttamente coinvolto. Anche questo accade di frequente, ho osservato.

Forse, invece di essere la tragedia di un vendicatore, la saga di Amleto fu una storia sulla colpa inconscia – Amleto si rende conto che la sua famiglia l'ha fatta sporca al clan di Fortebraccio, e annienta la propria stirpe e manda in fumo la propria eredità in uno spettacolare atto di autosabotaggio.

Mentre rosicchiavo la mia penna d'oca passarono decine di anni. Poi uno scrittore insolente di teatro inglese decise di drammatizzare tutto quel bailamme. Ero seccato – lui non era nemmeno vivo al tempo, e ci infilò dentro un mucchio di roba di cui non poteva sapere un bel niente. Se fosse venuto da me avrei potuto cantargliene quattro; ma non lo fece, e pubblicò per primo. Sgraffignò il mio materiale e si appropriò della mia voce e sfruttò una tragedia umana che in realtà non lo riguardava affatto.

Comunque, il suo dramma era troppo lungo.

Il mio blocco dello scrittore peggiorò sempre più. Ero stato contagiato dal ben noto tergiversare di Amleto. Cominciai a pormi domande difficili. *Perché io? Perché dovrei scrivere la storia di* Amleto? *Perché non la mia*? Ma la mia non era un granché. E a pensarci bene, quella di Amleto lo era? Intanto eravamo nel diciassettesimo secolo inoltrato, e Oliver Cromwell si era scatenato, Carlo I gli aveva fatto tagliare la testa, migliaia di soldati e di civili erano periti di morti crudeli e spaventose, con gli intestini avvolti intorno al corpo e le teste infilate su pali. Avevo visto da vicino un sacco di questa roba, perciò qualche corpo squarciato e annegato e avvelenato sparso per la corte danese non mi sembrava più tanto orrendo al confronto.

Per qualche ragione non volevo più raccontare la storia di Amleto. Volevo raccontare qualcosa di più – qual è la parola? Umano, disumano? Qualcosa di più grande. Ma le statistiche dopo un po' vengono a noia. Non siamo programmati per registrare più di un centinaio di cadaveri. Quando sono a mucchi, diventano semplicemente un tratto del paesaggio.

Perciò tornai alle storie di singoli individui. Ne ho fatta di strada, ve l'assicuro. La Rivoluzione francese, il terrore, il commercio degli schiavi, le guerre spagnole, l'Australia, Cuba, l'America del Nord, l'Africa, il Messico, la Russia, il Vietnam, il Medio Oriente, la Cambogia – e chi più ne ha più ne metta, io c'ero. A volte ero un venditore di viveri, a volte un portaordini, a volte un osservatore neutrale, a volte qualcuno che prestava soccorso; più di recente ho lavorato per i giornali. Ho parlato con le vittime delle carestie, con gli orfani di guerra, con i sopravvissuti a massacri e saccheggi, con chi li perpetrava – con gente di ogni tipo, dalle mani pulite e sporche.

Avete mai sentito parlare di chi raccoglie ingiustizie? Ecco cosa sono diventato – un raccoglitore di ingiustizie. È come un esattore delle tasse, solo che con le ingiustizie una volta che si sono raccolte non c'è altro da fare che tramandarle come meglio si può; anche se c'è sempre la possibilità che il semplice raccontare certe storie faccia arrabbiare la gente e dunque dia vita ad altre ingiustizie. Eppure, dopo quattro secoli, credo di essere pronto a parlare. A dire come stanno le cose, adesso, sulla terra. Finalmente sono pronto a cominciare.

Così ascolterete di atti carnali, sanguinosi e contro natura, di giudizi casuali, di eccidi fortuiti, di morti provocate dall'astuzia e dalla necessità, e, in questo epilogo, di propositi fraintesi, ricaduti sulle teste dei loro ideatori.

Tutto questo posso trasmetterlo io in modo veritiero.

RE TRAVICELLO IN ESILIO

Dopo essere stato deposto dalle rane, Re Travicello giaceva sconsolato tra le felci e le foglie morte poco lontano dallo stagno. Aveva avuto appena la forza di rotolare fin lì: era stato Re dello Stagno talmente a lungo da essersi completamente impregnato d'acqua. In lontananza sentiva il gracchiare esultante e il gioioso trillare che annunciavano l'incoronazione del suo illustre successore, l'esperto ed efficiente Re Cicogna; e poi – gli parve neanche un secondo dopo – le grida di terrore e gli schizzi sollevati in preda al panico mentre Re Cicogna cominciava a trafiggere e a inghiottire i suoi nuovi sudditi.

Re Travicello – l'ex Re Travicello – sospirò. Fu un sospiro che faceva cic-ciac, il sospiro di un grosso pezzo di legno bagnato che viene calpestato. Cosa aveva fatto di male? Niente. Non aveva certo assassinato i suoi cittadini, come stava facendo adesso il Re Cicogna. Vero è che non aveva fatto neppure niente di buono. Insomma, non aveva fatto un bel niente.

La sua però era stata senza dubbio un'inerzia benevola. Mentre galleggiava di qua e di là trasportato dalle pigre correnti dello stagno, i girini si erano riparati sotto di lui e avevano sbocconcellato le alghe che gli crescevano sopra, e le rane adulte avevano preso il sole sul suo dorso. Perché allora era stato scaricato in maniera tanto ignominiosa? Per un *coup d'état* orchestrato da potenze straniere, inutile a dirsi; benché alcune fazioni tra le rane – sollevate da agitatori esterni – lo avessero condannato pubblicamente per qualche tempo. Avevano detto che c'era bisogno di un capo più energico. Be', adesso ce l'avevano.

C'era stato quell'accordo commerciale da nulla, naturalmente. Lo aveva firmato cedendo alla forza, sebbene nessuno gli avesse puntato una pistola alla testa, o a ciò che passava per la sua testa. E non aveva forse giovato allo stagno? C'era stato un netto miglioramento delle esportazioni, in particolare delle zampe di rana. Ma lui non era mai stato coinvolto direttamente. Aveva solo reso le cose più facili. Per ogni evenienza, aveva messo al sicuro la sua fetta di profitto in una banca svizzera.

Ora le rane davano a lui la colpa delle razzie del Re Cicogna. Se Re Travicello fosse stato un re migliore, gridavano – se non avesse dato avvio alla decadenza – non sarebbe successo nulla di tutto ciò.

Sapeva che non sarebbe potuto rimanere ancora a lungo in prossimità dello stagno. Non doveva cedere all'*anomia*. Gli erano già cresciute addosso delle vesce di lupo, e sotto la corteccia erano al lavoro le larve. Rotolò via attraverso i boschi, mentre alle sue spalle le grida di dolore degli anfibi si affievolivano. Gli sta bene, pensò con mestizia e con una leggera amarezza.

Re Travicello si ritirò in una villa sulle Alpi, dove attualmente coltiva una bella piantagione di funghi shitake e lavora alle sue memorie, una parola alla volta. I travicelli scrivono adagio, e i re travicelli ancora di più. Ha assunto un guru, un maestro di meditazione che lo incoraggia a visualizzarsi come una grande matita, ma non riesce ad andare più lontano della gomma.

Gli mancano i vecchi tempi. Gli manca l'acqua che lo lambiva nella brezza, il frusciare dei giunchi. Gli mancano i cori di lodi che gli cantavano le rane nella luce rosea della sera. Ora nessuno canta per lui.

Nel frattempo il Re Cicogna ha mangiato tutte le rane e ha venduto i girini come schiavi sessuali. Ora sta prosciugando lo stagno. Ben presto sarà trasformato in una serie di appetibili complessi residenziali.

PIÙ VELOCE

Camminare non era abbastanza veloce, così abbiamo corso. Correre non era abbastanza veloce, così abbiamo galoppato. Galoppare non era abbastanza veloce, così abbiamo navigato. Navigare non era abbastanza veloce, così siamo sfrecciati allegramente su lunghi binari di metallo. I lunghi binari di metallo non erano abbastanza veloci, così abbiamo guidato. Guidare non era abbastanza veloce, così abbiamo volato.

Volare non è abbastanza veloce, non abbastanza veloce per noi. Vogliamo arrivarci più in fretta. Arrivare dove? Ovunque non siamo. Ma un'anima umana può andare solo alla velocità a cui cammina un uomo, si diceva una volta. In tal caso, dove sono tutte le anime? Sono rimaste indietro. Vagano di qua e di là, lentamente, fioche luci che di notte tremolano nelle paludi, alla nostra ricerca. Ma vanno tutt'altro che veloci, almeno per noi, abbiamo dato loro una pista, non ci raggiungeranno mai. Per questo possiamo andare così veloci: non siamo appesantiti dalle nostre anime.

MANGIAVAMO GLI UCCELLI

Mangiavamo gli uccelli. Li mangiavamo. Volevamo che le loro canzoni montassero su per le nostre gole ed erompessero dalle nostre bocche, e così li mangiavamo. Volevamo che le loro piume spuntassero dalla nostra carne. Volevamo le loro ali, volevamo volare come loro, librarci liberamente tra le cime degli alberi e le nuvole, e così li mangiavamo. Li trafiggevamo, li prendevamo a bastonate, intrappolavamo loro le zampe nella colla, li catturavamo con reti, li infilzavamo, li gettavamo sui carboni ardenti, e tutto per amore, perché li amavamo. Volevamo essere una sola cosa con loro. Volevamo sgusciare da uova pulite, lisce, belle, come facevano loro, quando eravamo ancora giovani e agili e ignari di causa ed effetto, e non volevamo quel bailamme dell'essere messi al mondo, e così ci riempivamo la pancia di uccelli, piume e tutto, ma era inutile, non sapevamo cantare, non con la loro naturalezza, non sappiamo volare, non senza fumo e metallo, e quanto alle uova non abbiamo grandi probabilità di successo. Siamo impantanati nella gravità, siamo costretti a terra. Siamo immersi nel sangue fino alle caviglie, e tutto perché mangiavamo gli uccelli, li mangiavamo tanto tempo fa, quando avevamo ancora la forza di dire no.

È SUCCESSO QUALCOSA

È successo qualcosa. Ma come? È stato di punto in bianco, o ci si è avvicinato di soppiatto e ce ne siamo accorti solo ora? Sono le fanciulle, le fanciulle giovani e graziose. Una volta cantavano come sirene, metà donne e metà pesci, tutte melodie briose, dolci e liquide, melodie modulate, ma ormai sono state private delle melodie, sebbene le loro bocche continuino ad aprirsi e a chiudersi come prima. Hanno tagliato loro la lingua?

Questo vale anche per le grida dei bambini, i pianti ai funerali, le urla che un tempo si levavano, soprattutto di notte, dai pazzi, da chi veniva torturato. Succede lo stesso con gli uccelli: volano come prima, distendono le piume come prima, con il capo gettato all'indietro, il becco spalancato, ma sono muti. Sono muti, o ammutoliti? Chi ha trafficato con un gran tappeto di neve invisibile che annulla ogni suono?

Ascolta: le foglie non frusciano più, il vento non sospira più, i nostri cuori non battono più. Sono precipitati nel silenzio. Precipitati, come si precipita a terra. O siamo stati noi a precipitare? Forse non è il mondo che è muto, ma noi che siamo sordi. Quale membrana ci isola dalla musica che un tempo accompagnava le nostre danze? Perché non sentiamo?

L'USIGNOLO

Le persone muoiono, e poi ritornano di notte mentre dormite. Quando avrete la mia età vi accadrà più di frequente. In sogno sapete che sono morti; la cosa strana è che lo sanno anche loro. I posti consueti sono una barca o un bosco; meno spesso una capanna o una fattoria isolata e, ancora più di rado, una stanza. Nel caso della stanza, spesso c'è una finestra; se c'è una finestra, ci saranno delle tendine – bianche – o pesanti tendaggi, anch'essi bianchi. Mai veneziane: a loro non piace quel tipo di luce, il giorno o la notte che penetrano obliquamente attraverso le assicelle. Li fa tremolare anche più di quanto non accada normalmente.

A volte sono amici, e vogliono che sappiate che stanno bene. Quelli appartenenti a questa categoria possono fare un'osservazione o due, nulla di clamoroso. È come lo schermo quando spegnete il televisore, ha detto uno di loro – una semplice perdita di contatto. Un altro – la scena era una passeggiata nei boschi, in autunno, foglie arancioni e gialle, quell'odore frizzante – questo ha detto: Non è stupendo?

Alcuni non dicono niente. Possono sorridere o meno; possono distogliere lo sguardo se capiscono che li avete visti. Vogliono che li vediate: è questo il punto. Vogliono che sappiate che ci sono ancora e che non possono essere dimenticati o liquidati.

Procne si è fatta viva l'altra notte. È entrata dalla finestra, come fa sempre. Mi sono subito pentita di non aver preso un sonnifero: l'avrebbe tenuta alla larga. Ma non si possono prendere

sempre sonniferi, e lei aspetta. Aspetta finché non sono cosciente.

Non avresti dovuto lasciare che mi rinchiudesse in quella capanna, ha detto.

Il luogo era una stanza; la finestra in questione aveva le tendine bianche. Ne abbiamo già parlato, ho detto. Non eri rinchiusa. Avresti potuto aprire la porta. In ogni caso, non lo sapevo.

Lo sapevi, ha detto. L'hai rimosso ma dovevi saperlo.

Sapevo che eri la sua prima moglie, ho detto. Lo sapevano tutti. Ma a sentir lui eri morta.

È quello che vogliono farti credere, ha detto. Avrei potuto benissimo esserlo, ma non era così. Nel frattempo tu ti preparavi a prendere il mio posto.

Dovevo, ho detto. Dovevo sposarmi. Mi aveva violentato. Cos'altro avrei potuto fare? Non dirmi che eri gelosa.

Gelosa? ha chiesto. Ha emesso una specie di gracchio. Neanche per un attimo! Conoscevo i suoi modi da sporcaccione, mai che riuscisse a lasciarmi in pace. Credimi, da quel punto di vista eri liberissima. Vorrei solo che non mi avesse tagliato la lingua.

È una bugia, ho detto. Non l'ha mai fatto. Sei tu che hai deciso di non parlare, tutto qui. La parte della storia con la lingua è un'interpretazione erronea di un affresco di un tempio dice ora la gente. Quegli affari non erano lingue, erano foglie di lauro destinate alla sacerdotessa perché potesse avere allucinazioni, e fare profezie, e...

Tu e la tua archeologia, ha detto Procne. Mi ha tagliato la lingua eccome. Sapeva che avrei raccontato tutto.

Forse aveva le sue ragioni, ho detto. Se proprio ti ha tagliato la lingua. Mi dispiace, non volevo. Non sto giustificando il suo comportamento. Non è stato bello. Nessuno di noi si è comportato molto bene, e adesso me ne pento. Noi due non siamo mai andate d'accordo quando eravamo giovani, ma eri sempre mia sorella e ti volevo bene. È per questo che ha fatto in modo che non sapessi di te.

Ero certa che non l'avresti giustificato. Il suo comportamento, voglio dire. Per questo ti ho mandato il messaggio – per farti sapere che dopotutto non ero morta. *Procne è tra gli schiavi*, diceva soltanto. Non ho scritto *Liberami*, non volevo influenzarti in un modo o nell'altro. Non volevo che corressi alcun rischio per causa mia.

Allora perché mi hai mandato il messaggio?

Volevo che evitassi di fare gli errori che ho fatto io, tutto qui.

Quali errori?

Per tutta risposta ha sollevato le mani. Erano bagnate, scintillavano. Nostro figlio, ha detto. Non mi sono trattenuta.

La finestra era leggermente sollevata, c'era vento, le tendine si agitavano. L'aria odorava di fiori di melo. Vorrei che mi lasciassi in pace, ho detto. È tutto finito, è stato tanto tempo fa. Ora sei morta, ed è morto anche lui, e non c'è niente che io possa fare. Ormai è solo una storia e io sono troppo vecchia per ascoltarla.

Non sarai mai troppo vecchia, dice Procne. La sua voce è così triste. Poi comincia a trasformarsi in uccello, come fa sempre, e quando abbasso lo sguardo la stessa cosa sta accadendo a me. Questo è quando ricordo noi due che correvamo, correvamo via da lui, e nel sogno so che sono morta anch'io, perché alla fine della storia lui ha ucciso entrambe.

Poi Procne vola via attraverso la finestra, e io faccio lo stesso. È notte, un bosco, una luna. Ci posiamo su un ramo. È in questo istante, nel sogno, che comincio a cantare. Un lungo canto liquido, un alto requiem, la storia della storia della storia.

O la voce è la sua? Difficile a dirsi.

Un uomo in piedi sotto il nostro albero dice: *Dolore.*

I SIGNORI DELLA GUERRA

Essere un signore della guerra è il sogno dei ragazzi di tutto il mondo. Si punta il dito, si dice Bang e si fanno secche migliaia di persone. Per lo più, da grandi questi tiratori scelti diventano dentisti. Se però siete nati sotto il dominio di un signore della guerra, vi aspettano solo tre tipi di futuro. Fare il guerriero e morire servendo il signore della guerra. Deporre il signore della guerra e diventare a propria volta signore della guerra. Essere qualcuno che per definizione non può fare il guerriero – una donna, un sacerdote, un sarto con una gamba sola. Ma siete comunque chiusi all'interno del perimetro territoriale del signore della guerra, che a volte sembra un muro protettivo e altre volte una cella sotterranea. Là dentro potete vivere quella che – là dentro – è ritenuta una vita normale, fintantoché sventolerete la bandiera del signore della guerra, pagherete le tasse al signore della guerra, corromperete gli scagnozzi del signore della guerra, striscerete ai piedi dei parenti del signore della guerra ed eviterete ogni commento negativo sul signore della guerra stesso, dal momento che è notoriamente suscettibile.

Il signore della guerra siede al centro del proprio potere, inerte ma potente. I parassiti lo imboccano con cibo e buone notizie; gli addestratori di avvoltoi addestrano i suoi avvoltoi prediletti; i contatori di rubini contano i suoi rubini; leggiadre donzelle gli leccano i piedi. È attorniato da cerchi concentrici di guerrieri. Il cerchio più esterno è quello più a rischio. Là gli uomini sono armati fino ai denti; sembrano coltelli a scatto multilama, del tipo con cavatappi, lima per unghie e punteruolo, e sono loro a correre i primi pericoli e a venire calpestati dalle gigantesche ruote sferraglianti dei signori della guerra invasori. Il cerchio successivo è costituito da difese scivolose, corridoi labirintici, trincee piene di pali appuntiti, tranelli comprendenti lanci di massi e carboni ardenti, assai micidiali ma solo in un primo tempo. I guerrieri che operano in questo cerchio obbediscono a un unico comando: *Difendere le porte*!

Il cerchio immediatamente successivo è formato da guerrieri scelti a livello mondiale. Sono mercenari, perché non ci si può certo fidare dei volontari. Sono le guardie del corpo. Guardano il corpo. Devono guardarlo a costo della loro stessa vita, non devono sopravvivere per raccontarlo, ma alcuni lo fanno. Raccontano come, pur avendocela messa tutta o quasi, le truppe del signore della guerra siano state infine sopraffatte. Come il suo sotterraneo, il suo albero, la sua torre, il suo castello, la sua città, le sue fabbriche di armi, le sue prigioni, le sue sale da biliardo siano stati incendiati. Come l'esercito invasore si sia tracannato tutto il suo champagne e si sia lavato nelle sue vasche da bagno. Come le sue concubine siano state violentate a ripetizione sui tetti, le sue mogli smembrate, i suoi figli accecati tra le grida compiaciute della folla, che ora a ogni buon conto sostiene di non avere mai amato il signore della guerra. Come lui stesso sia stato arrostito, infilato in uno spiedo, fatto saltare in aria, decapitato, appeso a testa in giù, costretto a fare bancarotta. Come le sue statue siano state buttate giù e vendute come rottami, o come souvenir kitsch.

Poi che senso ha continuare? A essere un guerriero scelto a livello mondiale. La cosa non ha alcun futuro. Alcun prestigio. Sgusciate fuori dall'uniforme, dalle bardature, dalla trappola; fuggite attraverso la foresta umida, attraverso il deserto disseminato di piante spinose, su per le montagne ghiacciate, lasciando impronte insanguinate. Quando avrete raggiunto il territorio neutrale, nascosto il bottino sottratto alla dimora del signore della guerra – be', ormai non gli sarebbe servito granché, non è vero? – e trovato finalmente un momento libero per sedersi in un caffè con un bibita fresca, potrete ripensare alla vostra occupazione.

Ma la vostra occupazione non c'è più. E non potete trovarne

un'altra. Una volta che si è combattuto per un signore della guerra, un qualsiasi signore della guerra, perfino un comitato di signori della guerra, è impossibile dimenticarlo. Impossibile imparare qualcos'altro. Nulla può sostituire l'adrenalina, gli incubi infernali ma vivificanti. Nulla – diciamo la verità – è neanche lontanamente divertente come fare il guerriero di un signore della guerra. *Divertente* inteso nel senso più lato del termine, si capisce.

Guardate laggiù. Vedete quel vecchio dai muscoli nodosi che rastrella il prato? E quell'altro che spazza il marciapiede, e quell'altro ancora che trascina i rifiuti? Superstiti del signore della guerra, tutti quanti. Sono marchiati da tatuaggi invisibili. Dietro i loro occhi ardono braci. Aspettano. Sono pronti all'appello.

LA TENDA

Sei in una tenda. Fuori c'è spazio e fa freddo, molto spazio, molto freddo. È una landa risonante di urla. Una landa con rocce, e ghiaccio e sabbia, e profonde fosse melmose in cui potresti affondare senza lasciar traccia. Ci sono anche rovine, molte rovine; dentro e intorno alle rovine ci sono strumenti musicali rotti, vecchie vasche da bagno, ossa di mammiferi terrestri estinti, scarpe senza i loro piedi, pezzi di auto. Ci sono arbusti coperti di spine, alberi nodosi, venti impetuosi. Ma tu hai una piccola candela nella tua tenda. Puoi stare al caldo.

Molte cose urlano là fuori, nella landa risonante di urla. Molte persone urlano. Alcune urlano di dolore perché coloro che amano sono morti o sono stati uccisi, altre urlano di trionfo perché hanno causato la morte o l'uccisione di coloro che sono amati dai loro nemici. Alcuni urlano per chiamare aiuto, altri urlano per incitare alla vendetta, altri ancora urlano per sete di sangue. Il rumore è assordante.

È anche spaventoso. Alcune urla si stanno avvicinando a te, che stai nella tenda, accucciato in silenzio, sperando di non essere visto. Sei spaventato per te stesso, ma soprattutto per quelli che ami. Vuoi proteggerli. Vuoi radunarli nella tua tenda, per dar loro protezione.

Il guaio è che la tua tenda è fatta di carta. E la carta non potrà tenere fuori nulla. Sai che devi scrivere sulle pareti, sulle pareti di carta, sul lato interno della tua tenda. Devi scrivere a rovescio e all'incontrario, devi coprire di scrittura ogni spazio disponibile sulla carta. In parte lo scritto deve descrivere le urla che risuonano fuori, notte e giorno, tra le dune di sabbia e i grossi blocchi di ghiaccio e le rovine e le ossa e così via; dovrà dire la verità sulle urla, ma è una cosa difficile a farsi, perché tu non puoi vedere attraverso le pareti di carta e perciò non puoi essere preciso sulla verità, e non vuoi neppure uscire là fuori, là nella landa risonante di urla, per vedere chiaramente con i tuoi occhi. In parte lo scritto dovrà riguardare coloro che ami e il bisogno che senti di proteggerli, e anche questo è difficile, perché non tutti loro sentono le urla come le senti tu, ad alcuni sembra che ci sia un picnic là fuori nella landa, come una grossa banda, una festa eccitante sulla spiaggia, e non gli sta bene rimanere rinchiusi in uno spazio così angusto con te e la tua piccola candela e la tua paura e la tua noiosa ossessione della calligrafia, un'ossessione che per loro non ha senso, perciò provano e riprovano a sgattaiolare sotto le pareti della tenda.

Questo non ti impedisce di scrivere. Scrivi come se da questo dipendesse la tua vita, la tua vita e la loro. Stenografi le loro nature, i loro tratti distintivi, le loro abitudini, le loro storie; cambi i nomi, si capisce, perché non vuoi creare prove, non vuoi attirare il tipo sbagliato di attenzione su questi tuoi amati, alcuni dei quali – lo scopri adesso – non sono affatto persone, ma città grandi e piccole, paesaggi e laghi e vestiti che indossavi una volta e caffè di quartiere e cani persi da tempo. Non vuoi attirare coloro che urlano, ma sono attirati comunque, come da un odore: le pareti della tenda di carta sono talmente sottili che vedono la luce della tua candela, vedono il tuo contorno, e naturalmente sono curiosi, perché magari sei una preda, magari sei qualcosa che possono uccidere e poi coprire di urla per festeggiare e poi mangiare, in un modo o nell'altro. Sei troppo visibile, ti sei reso visibile, ti sei tradito. Si avvicinano, si radunano; stanno sottraendo del tempo alle loro urla per scrutare, per annusare in giro.

Perché pensi che questo tuo scrivere, questa grafomania in una fragile grotta, questo scribacchiare avanti e indietro e su e giù sulle pareti di ciò che sta cominciando a sembrare una prigione, sia in grado di proteggere chicchessia? Te compreso. È un'illusione, la convinzione che questi tuoi scarabocchi siano una sorta di armatura, una sorta di amuleto, perché nessuno meglio di te sa quanto poco solida sia in realtà la tua tenda. Si sente già un calpestio di piedi rivestiti di cuoio, un grattare, un raspare, il rumore di un respiro stridulo. Entra il vento, la tua candela si rovescia e divampa e un lembo libero della tenda prende fuoco, e attraverso l'apertura bordata di nero che si spalanca vedi gli occhi di coloro che urlano, rossi e scintillanti alla luce del tuo rifugio di carta ardente, ma tu continui comunque a scrivere, perché, che altro potresti fare?

IL TEMPO SI RIPIEGA

Il tempo si ripiega, ha detto lui, intendendo dire che il tempo va avanti e andando avanti si deforma, nel caldo estremo, nel freddo estremo, e ciò che è passato da un pezzo si fa più vicino. Si può dimostrarlo pieghettando un nastro e infilandoci una puntina: il Punto Due, un tempo a vari metri di distanza dal Punto Uno, ora si troverà proprio accanto ad esso. Il tempo/lo spazio è un accordo, ma senza la musica? La sua era un'enunciazione di fisica dura?

O piuttosto diceva: Il tempo ripiega le sue ali, finalmente. Il tempo ripiega le sue tende e striscia via in silenzio. Il tempo ti ripiega tra le sue pieghe, come se tu fossi un agnello e l'assenza di tempo un lupo. Il tempo ti ripiega nella propria coltre, ti ripiega teneramente e ti avvolge stretto perché, dove saresti senza di lui? Il tempo ti ripiega tra le sue braccia e ti dà un ultimo bacio, e poi ti stende e ti mette via fin quando non verrà il momento che tu divenga il passato di qualcun altro, e poi il tempo torna a ripiegarsi.

IL BAMBINO DELL'ALBERO

Te lo ricordi. No, l'hai sognato. Nel sogno si soffocava, e si affondava, e c'era un senso di vuoto. Ti sei svegliato dal tuo incubo ed era già successo. Era tutto sparito. Tutto e tutti – padri, madri, fratelli, sorelle, i cugini, i tavoli e le sedie, i giocattoli e i letti – tutto spazzato via. Non ne rimane nulla. Non resta nulla tranne la spiaggia devastata e il silenzio.

Ci sono i relitti. Non li hai visti, nel tuo sogno. Un'accozzaglia di anni frantumati, un cumulo di storie infrante. Storie che sembrano legno e blocchi di cemento e metallo contorto. E sabbia, tanta sabbia. Perché si dice *la sabbia del tempo*? Ieri non lo sapevi, ma adesso sì. Sai troppe cose per parlare. Cosa si può dire? Nella tua gola il linguaggio si trasforma in pietrisco.

Ma guarda – c'è un bambino piccolo abbandonato nella chioma di un albero, proprio come in quegli altri sogni, quelli in cui puoi sollevarti da terra e volare, e sfuggire allo strepito e al fracasso alle tue spalle. Un bambino vivo, avviluppato in una culla verde; ed è stato salvato, dopotutto. Ma il suo nome è andato perduto, insieme al suo minuscolo passato.

Che nuovo nome daranno a questo bambino? Quello che è scappato dal tuo incubo ed è fluttuato leggero su un albero, e ora si guarda intorno con lo stupore normale in un bambino? Adesso il tempo riparte, adesso c'è qualcosa che si può dire: bisogna dare una parola al bambino. Una password, un talismano d'aria, per aiutarlo a superare i tanti passaggi difficili e le soglie d'ombra che lo aspettano. Bisogna dargli un nome, di nuovo.

Lo chiameranno Disastro, lo chiameranno Relitto, lo chiameranno Dolore? Lo chiameranno Senza-famiglia, lo chiameranno Negletto, lo chiameranno Bambino-di-un-Albero? O lo chiameranno Stupore, o Nonostante, o Contentino?

O lo chiameranno Inizio?

MA POTREBBE ANCORA

Le cose si mettono male: lo ammetto. Peggio di quanto non accada da anni, da secoli. Peggio che mai. Pericoli incombono da tutte le parti. Ma potrebbe ancora aggiustarsi tutto. Il bambino di pochi mesi è caduto dal terrazzino dell'ottavo piano, ma lì sotto c'era un cane da pastore che è saltato su e l'ha afferrato a mezz'aria. Un passante ha scattato una foto, era sul giornale. Il ragazzino è andato sotto per la terza volta, ma la madre – sebbene sprofondata nella lettura di un romanzo – ha sentito un suono gorgogliante ed è corsa sul pontile, ha infilato un braccio in acqua e ha tirato il ragazzino per i capelli, e non ci sono stati danni cerebrali. Al momento dell'esplosione il giovanotto era sotto il lavandino ad aggiustare il tubo di scarico, e così è rimasto illeso. La ragazza è sopravvissuta alla valanga muovendo le braccia come se nuotasse. Il padre di tre gemelli di due anni affetto da cancro a ciascuno dei suoi organi è andato al cinema a vedere un'infinità di commedie, ha fatto la meditazione buddista e la malattia è completamente regredita, e lo è tuttora. Gli airbag hanno funzionato davvero. L'assegno non era scoperto. L'industria di farmaci con obbligo di prescrizione medica non mentiva. Lo squalo ha dato un colpetto alla gamba sanguinante del marinaio e poi si è allontanato. Lo stupratore è rimasto turbato nel bel mezzo dello stupro, ha fatto rientrare il coltello e il pene come le corna morbide e delicate di una chiocciola ed è andato a prendere un caffè. La copia dell'*Origine delle specie* di Darwin che il soldato teneva accanto al cuore ha fermato il proiettile di mitragliatrice. Quando lui ha detto: *Mia cara, sei l'unica donna che adorerò mai*, faceva sul serio. Quanto a lei, nonostante il broncio, la freddezza e il fatto che non rispondesse al telefono, è venuto fuori che l'aveva sempre amato.

In questo periodo dell'anno siamo affamati di storie del genere. Storie d'inverno, sono. Vogliamo stringerci intorno ad esse come intorno a un allegro fuocherello. Il sole tramonta alle quattro, la temperatura precipita, il vento ulula, la neve cade fitta fitta. A rischio di congelarti le dita hai piantato i tulipani, giusto in tempo. Tra quattro mesi spunteranno, ne sei certa, e saranno come la foto nel catalogo. Nella terra marrone c'erano già centinaia di piccoli germogli verdi. Non sapevi cos'erano – una specie di piccoli bulbi – ma volevano crescere, malgrado tutto. Come li chiameresti se fossero in un racconto? Sarebbero lieti fini o lieti inizi? Ma non sono in un racconto, e nemmeno tu. Comunque, li hai ficcati di nuovo sotto il terriccio e le foglie morte. Era la cosa giusta da fare nel giorno più scuro.

Sommario

Finito di stampare
nel mese di gennaio 2006
per conto della Casa Editrice Ponte alle Grazie s.r.l.
dalle Industrie grafiche Luinostamp s.r.l.
Brezzo di Bedero (VA)
Printed in Italy